Asas partidas

Kahlil Gibran

Asas partidas

Tradução Ângelo Cunha de Andrade

Título original: *Broken Wings*

© Copyright, 2005 Editora Claridade

Todos os direitos reservados.
Editora Claridade Ltda.
Rua Dionísio da Costa, 153
04117-110   São Paulo   SP
Fone/fax: (11) 5575.1809
E-mail: claridade@claridade.com.br
Site: www.claridade.com.br

Tradução:
Ângelo Cunha de Andrade

Preparação de originais:
Marcia Choueri

Revisão:
Wilson Ryosi Imoto e Janaina Gomes

Capa:
William Valeriano

Editoração Eletrônica:
Wander Camargo da Silva

ISBN 85-88386-29-1

Dados para Catalogação

Gibran, Kahlil (1883-1931)

Asas partidas / Tradução de Ângelo Cunha de Andrade,
Editora Claridade, São Paulo, 2005
112 p.

1. Literatura árabe   I. Título   II. Autor

CDD 892

Dedicatória

Aos que miram o sol com olhos fixos e retêm as chamas com mãos firmes, pressentindo o acorde espiritual da Eternidade por trás dos sofrimentos clamorosos dos cegos.

Dedico este livro a M. E. H.

Kahlil Gibran

Sumário

Prefácio..................................... 9
1. Tristeza muda........................ 13
2. A mão do destino.................. 17
3. Entrada para o templo............ 23
4. A tocha branca...................... 29
5. A tempestade....................... 33
6. O lago de fogo..................... 47
7. Frente ao trono da morte........... 67
8. Entre Cristo e Ishtar................ 85
9. O sacrifício.......................... 93
10. O salvador.........................105

Prefácio

Tinha eu 18 anos, quando o amor abriu-me os olhos com seus raios mágicos e por primeira vez tocou com seus dedos quentes meu espírito, através de Selma Karamy, a primeira mulher a despertar minha alma com sua beleza e a levar-me ao jardim da grande ternura, em que os dias transcorrem como sonhos, e as noites, como núpcias.

Selma Karamy foi quem me ensinou a admirar o belo no exemplo de sua própria beleza, e revelou-me o segredo do amor com seu afeto; ela foi a primeira a cantar para mim a poesia da vida real.

Todo jovem rememora seu primeiro amor e tenta resgatar aquele estranho instante, cuja memória transforma seus sentimentos mais íntimos e o deixa tão feliz, mesmo com toda a angústia de seu mistério.

Na história de todo jovem há uma "Selma", que surge subitamente na primavera de sua vida, transformando a solidão em momentos felizes e dissolvendo o silêncio de suas noites com a música de sua recordação.

Kahlil Gibran

Eu estava completamente mergulhado em pensamento e contemplação, buscando entender o sentido da natureza e a revelação dos livros e das escrituras, quando ouvi o AMOR sussurrar em meus ouvidos dos lábios de Selma. Minha vida era tediosa, vazia como a de Adão no Paraíso, quando avistei Selma diante de mim, como uma coluna de luz. Ela era a Eva de meu coração, que o enriqueceu de segredos e desejos e me fez compreender o significado da vida.

A primeira Eva levou, por vontade dela, Adão para fora do Paraíso, enquanto Selma me fez entrar voluntariamente no Paraíso do amor puro e da virtude, por sua afeição e carinho; mas o que passou com o primeiro homem também aconteceu comigo, e a espada flamejante que expulsou Adão do Paraíso foi como a que me aterrorizou com sua lâmina de brilho intenso, e que me obrigou a sair do paraíso de meu amor, sem ter desobedecido a uma ordem ou, mesmo, experimentado o fruto da árvore proibida.

Hoje, passados tantos anos, nada sobrou daquele belo sonho, a não ser penosas recordações, esvoaçando como asas invisíveis em torno de mim, inundando de tristeza o mais íntimo de meu coração e trazendo lágrimas a meus olhos. Minha amada, a bela Selma, está morta, e nada ficou para

Asas partidas

homenageá-la, a não ser meu coração despedaçado e um túmulo rodeado de ciprestes. Aquele túmulo e este coração são tudo que restou para testemunhar a presença de Selma.

A quietude que envolve a sepultura não desvenda o segredo de Deus retido na escuridão do caixão, e o rumor dos galhos, cujas raízes sugam os elementos do corpo, não revela os mistérios daquela lápide; tão-somente os suspiros agonizantes de meu coração proclamam para a vida o drama representado pelo amor, pela beleza e pela morte.

Oh, amigos de minha juventude dispersos pela cidade de Beirute, ao passar por aquele cemitério próximo da floresta de pinheiros, entrem ali em silêncio e caminhem devagar, para que seus passos não perturbem a sonolência da morte, e parem com humildade frente ao túmulo de Selma e reverenciem a terra que cobre seu corpo e pronunciem meu nome com um suspiro profundo e digam a si mesmos: "Aqui foram enterradas todas as esperanças de Gibran, que está vivendo como um cativo do amor em distantes mares. Neste lugar ele perdeu sua alegria, exauriu suas lágrimas e esqueceu seu sorriso".

Nessa sepultura, em companhia dos ciprestes, cresce a tristeza de Gibran, e acima do túmulo todas as noites seu espírito se desfralda em homenagem a Selma, oscilando em triste lamento com os galhos das árvores, chorando e lastimando a perda de Selma, que até ontem era uma suave nota musical nos lábios da vida, e hoje é um mudo segredo no íntimo da terra.

Ah, companheiros de minha juventude! Eu lhes suplico, em nome das virgens que seus corações amaram: coloquem uma coroa de flores no túmulo esquecido de minha amada, pois as flores que puserem ali serão como gotas de orvalho que escorrem dos olhos do alvorecer nas pétalas de uma rosa que se extingue.

1
Tristeza muda

Meus vizinhos, vocês certamente recordam a remota aurora da juventude com alegria e lamentam que já tenha passado tanto tempo; eu, porém, me lembro dela como um prisioneiro que rememora as grades e os grilhões de seu cárcere. Vocês descrevem aqueles anos entre a infância e a juventude como uma fase de ouro, livre de limitações e inquietudes, mas eu os vejo como uma era de tristeza muda, que caiu como uma semente em meu coração, brotou e se desenvolveu com ele, mas não conseguiu encontrar saída para o mundo da sabedoria e da experiência, até que o amor chegou e abriu as portas do coração e iluminou suas passagens. O amor me deu uma linguagem e lágrimas. Vocês se lembram dos jardins e das orquídeas, dos lugares de reunião e das esquinas das ruas que testemunharam seus divertimentos e escutaram seus inocentes murmúrios; eu também recordo aquela formosa região do norte do Líbano. Sempre que fecho os olhos, vejo aqueles vales repletos de magia e altivez e aquelas montanhas cobertas de glória e grandeza buscando atingir os céus. Sempre que fecho os ouvidos ao barulho da cidade, escuto o sussurro dos riachos e o ruído dos galhos dos cedros roçando-se uns nos outros. Todas essas belezas sobre as quais falo agora e que desejo rever, como uma criança anseia pelo peito da mãe, machucaram meu espírito, encarcerado na obscuridade da juventude como um falcão aprisionado numa gaiola, que sofre quando vê um bando de pássaros voando livremente pelo amplo céu. Aqueles vales e montanhas exaltaram minha fantasia, mas pensamentos desgostosos teceram uma rede de desalento em meu coração.

Todas as vezes que busquei os campos, voltei desapontado, sem compreender a causa de minha decepção. Todas as vezes que olhei para o céu nublado, senti meu coração contrair-se. Ao ouvir o canto dos pássaros e o agitado ruído da primavera, padeci sem compreender a razão de meu sofrimento. Já se disse que a simplicidade deixa o homem vazio, o que o torna despreocupado. Isso pode ser verdade entre aqueles que nasceram mortos e que existem como corpos enrijecidos, porém o jovem sensível, que percebe muito mas sabe pouco, é a criatura mais infeliz que vive sob o sol, porque é

Asas partidas

torturado por duas forças. A primeira o ergue e lhe mostra a beleza da existência, através de uma nuvem de sonhos; a segunda o prende à terra e enche seus olhos de pó, além de aniquilá-lo com terrores e desconhecimento.

A solidão tem mãos macias, mas seus dedos fortes apertam o coração, fazendo-o sofrer de tristeza. A solidão é aliada da tristeza, tanto como é companheira do êxtase espiritual.

Sofrendo o golpe da tristeza, a alma do jovem é como um lírio branco que desabrocha. A brisa o movimenta e abre seu coração ao amanhecer, fazendo-o fechar novamente as pétalas, quando chega a sombra da noite. Caso esse jovem não tenha prazer, amigos ou companheiros de divertimentos, sua vida se transformará numa cela apertada, de onde ele nada vê, além de teias de aranha, e nada ouve, além do barulho e o rastejar dos insetos.

Toda a melancolia que me dominou durante a juventude não foi causada pela ausência de divertimentos, que eu tinha disponíveis; também não foi por falta de amigos, porque podia tê-los, se assim o desejasse. Aquela tristeza era causada por um sofrimento íntimo que me fez amar a solidão. Ela matou em mim a inclinação por prazeres e diversões. Ela arrancou de minhas costas as asas da juventude e me tornou como uma lagoa entre montanhas, que pode refletir na calma de sua superfície as sombras dos fantasmas e as cores das nuvens e das árvores, mas não é capaz de encontrar um caminho através do qual suas águas escoem cantantes para o mar.

Assim foi a minha vida, até chegar aos 18 anos. Aquele ano foi como um pico de montanha em minha existência, pois despertou o conhecimento em mim e me fez compreender as vicissitudes do ser humano. Naquele ano eu renasci, e, a não ser que uma pessoa nasça de novo, sua existência ficará como uma página em branco no livro da vida. Naquele ano eu vi os anjos do Paraíso olhando para mim através dos olhos de uma bela mulher. E vi também os demônios do inferno afligindo o coração de um homem infeliz. Quem não foi capaz de ver os anjos e os demônios nas belezas e nas maldades da vida, não alcançará a sabedoria, e seu espírito ficará vazio de ternura.

2
A mão do destino

Na primavera daquele ano maravilhoso, eu estava em Beirute. Os jardins, repletos de flores típicas daqueles dias do *nisan*[1], e a terra coberta de grama verde eram parte do milagre da terra desabrochada para os céus. As laranjeiras e macieiras, como bailarinas ou noivas enviadas pela natureza para inspirar os poetas e agitar a imaginação, vestiam-se de brancos adornos de flores perfumadas.

A primavera é linda em toda a parte, mas o é ainda mais no Líbano. Existe um espírito que anda sem destino por toda a Terra, mas que paira sobre o Líbano, dialogando com reis e profetas, cantando com os rios as canções de Salomão e repetindo, com os Sagrados Cedros do Líbano, a recordação das glórias do passado. Limpa da lama do inverno e

---

[1] O *nisan*, sétimo mês do calendário judaico, marca o início da primavera e simboliza a alegria e a renovação da vida. Durante o *nisan* não podem ser feitos jejuns, necrológios ou manifestações públicas de luto.

da poeira do verão, Beirute na primavera é como uma noiva, como uma sereia sentada às margens de um riacho, aquecendo sua pele macia sob os raios solares.

Certo dia, durante o mês do *nisan*, fui visitar um amigo cuja casa situava-se a pequena distância da bela cidade. Enquanto conversávamos, um homem de aparência distinta, de cerca de 65 anos, entrou na casa. Tão logo me ergui para cumprimentá-lo, meu amigo o apresentou – tratava-se de Farris Effandi Karamy – e, mencionando meu nome ao visitante, cobriu-me de palavras elogiosas. Aquele senhor olhou-me por um momento, esfregando repetidamente a testa com a ponta dos dedos, como se estivesse tentando recordar algo. Então me disse sorrindo: "Você é filho de um amigo muito querido, e me sinto feliz por ver aquele amigo em você".

Muito sensibilizado por suas palavras, fui atraído para ele como um pássaro cujo instinto o guia para o ninho antes da chegada do temporal. Sentamo-nos todos, e ele nos falou da amizade com meu pai, rememorando o tempo que compartilharam. A partir de certa idade, todos gostam de trazer, nas conversas, a lembrança dos dias da juventude, como o estrangeiro que anseia pelo retorno à mãe-pátria. E se deleitam em narrar histórias de

Asas partidas

outrora, como o poeta que sente prazer ao recitar seus melhores poemas. Vivem espiritualmente no passado, porque o presente flui rapidamente e o futuro parece terminar no esquecimento do túmulo. Ao longo de uma hora, antigas recordações projetaram-se em nós como as sombras das árvores sobre a grama. No momento de partir, Farris Effandi pôs a mão esquerda sobre meu ombro e, segurando minha mão direita, disse: "Não vejo seu pai há vinte anos. Espero que você ocupe o lugar dele, visitando sempre minha casa". Agradecido, prometi cumprir minha obrigação com um amigo estimado de meu pai.

Após sua partida, solicitei a meu amigo que me contasse mais a respeito dele. "Não conheço outro homem em Beirute" – disse ele – "cuja riqueza tivesse tornado bondoso e cuja bondade tivesse tornado rico. Ele é um dos poucos que vieram a este mundo e o deixarão sem ter prejudicado ninguém, mas pessoas desse tipo acabam geralmente pobres e humilhadas, porque não são bastante espertas para se salvar da maldade dos outros. Farris Effandi tem uma filha cujo caráter é parecido com o dele e cuja beleza e graça superam qualquer descrição. E ela também será infeliz, porque a riqueza de seu pai já a está colocando à beira de um terrível abismo."

Tão logo meu amigo disse essas palavras, percebi que seu semblante se entristeceu. Ele continuou: "Farris Effandi é um bom homem e tem um coração nobre, mas carece de força de vontade. As pessoas o conduzem como querem, como se ele fosse um cego. Sua filha obedece a ele, a despeito de seu orgulho e inteligência, e este é o segredo que se oculta na vida de pai e filha. Esse segredo foi descoberto por um homem mau, um bispo que esconde sua perversão à sombra do Evangelho. Ele aparece para o povo como bom e nobre. É o chefe da religião nesta terra de crentes. O povo obedece-lhe e o adora. Ele o guia como a um rebanho de ovelhas para o matadouro. Esse bispo tem um sobrinho, uma monstruosidade de ódio e corrupção. Cedo ou tarde, chegará o dia em que ele colocará seu sobrinho à direita e a filha de Farris Effandi à esquerda e, segurando com sua maldosa mão a grinalda de casamento sobre suas cabeças, unirá uma virgem pura a um degenerado imundo, como se colocasse o coração do dia na negrura da noite.

Isso é tudo que lhe posso contar a respeito de Farris Effandi e sua filha e, assim, não me pergunte mais nada".

Dito isso, meu amigo voltou-se para a janela, como se estivesse tentando resolver os problemas

Asas partidas

da existência humana, concentrando-se na beleza do universo.

Quando estava prestes a deixar a casa, disse-lhe que dentro de poucos dias iria visitar Farris Effandi, não apenas para cumprir minha promessa mas também pela amizade que compartilhara com meu pai. Meu amigo fitou-me por um momento, e percebi uma mudança repentina em sua fisionomia, como se minhas poucas palavras lhe tivessem sugerido uma idéia nova. Olhou-me, então, de um modo estranho, diretamente dentro dos olhos, um olhar de amizade, agradecimento e medo – o olhar de um profeta que prevê o que ninguém poderia adivinhar. Naquele instante, seus lábios tremeram um pouco, mas ele nada disse quando saí porta afora. Seu estranho olhar me acompanhou, mas eu só pude entender seu significado muito mais tarde, depois de me nortear no mundo da experiência, quando os corações se compreendem intuitivamente, e os espíritos já estão amadurecidos pelo conhecimento.

3
Entrada para o templo

A solidão venceu-me em poucos dias, e cansei-me da face carregada dos livros; aluguei uma carruagem e segui para a casa de Farris Effandi. Ao atingir as florestas de pinheiros, onde se costumavam fazer piqueniques, o cocheiro tomou uma estrada particular ladeada por salgueiros. Ao percorrê-la, pude ver a beleza da relva verde, as parreiras, as flores multicoloridas que desabrochavam tocadas por aqueles dias do *nisan*. Logo em seguida, a carruagem parou diante de uma casa solitária no centro de um belo jardim. A fragrância de rosas, gardênias e jasmins tomava o ar. Ao descer, caminhei pelo jardim espaçoso e avistei Farris Effandi que vinha a meu encontro. Com um acolhimento amistoso, fez-me entrar e sentou-se diante de mim como um pai feliz que encontra seu filho, disparando perguntas sobre minha vida, o futuro e minha educação. Eu lhe respondi com voz cheia de cuidadosa ambição, pois em meus ouvidos soava o hino da glória, e eu atravessava o mar calmo dos sonhos esperançosos. Nesse instante uma linda jovem, vestindo um elegante vestido de seda branca, surgiu por trás das cortinas de veludo da porta e caminhou em minha direção. Farris Effandi e eu nos levantamos de nossas cadeiras.

"Esta é minha filha Selma", disse o ancião. Em seguida, apresentou-me a ela, dizendo: "O destino trouxe de volta um querido e velho amigo, na pessoa de seu filho". Selma olhou-me por um instante como se ainda duvidasse que um visitante pudesse ter entrado em sua casa. Quando a toquei, senti sua mão como um lírio branco, e uma estranha melancolia dominou meu coração.

Sentamo-nos em silêncio, como se Selma tivesse trazido um espírito divino, merecedor de calado respeito. Percebendo-o, ela sorriu para mim e disse: "Meu pai já me contou, muitas vezes, histórias de sua juventude e daqueles dias em que ele e seu pai conviveram. Se seu pai também comentou sobre aquele tempo com você, esta não é a primeira vez em que nos encontramos".

O velho senhor pareceu extasiado ouvindo a filha falar daquela maneira e interveio: "Selma é muito sentimental. Vê tudo com os olhos do espírito". Dito isso, ele retomou a conversa com muito

Asas partidas

cuidado e zelo, como se tivesse encontrado em mim uma chave mágica que o conduziria, com as asas da memória, aos dias de outrora.

Acompanhando seus sonhos, eu podia contemplar meus próprios tempos passados, e ele me olhou como a velha e altiva árvore que, já tendo suportado muitos temporais, ao sol brilhante lança sua sombra sobre o pequeno arbusto que estremece com a brisa do alvorecer.

Selma, porém, permanecia quieta. De tempos em tempos olhava, primeiro para mim, em seguida para o pai, como se lendo o primeiro e o último capítulos do drama da existência. O dia passou rápido naquele jardim, e pude observar pela janela o áureo beijo solar do poente sobre as montanhas do Líbano. Farris Effandi continuou a rememorar suas experiências, enquanto eu o escutava encantado, correspondendo a seu entusiasmo, que transformava sua tristeza em felicidade.

Sentada perto da janela, Selma nos mirava com olhos cheios de melancolia, e nada disse, não obstante a beleza tenha sua própria linguagem divina, mais doce que os sons emanados das gargantas e lábios. Trata-se de uma linguagem indefinida, comum a todos os seres humanos, como um lago calmo que recebe os riachos murmurantes em sua profundeza e os absorve na quietude.

Apenas nossos espíritos conseguem compreender a beleza, ou viver e crescer com ela. O belo confunde nossa mente; tornamo-nos incapazes de descrevê-lo em palavras; é uma sensação que nossos olhos não podem ver, derivada de quem observa e de quem é observado. A beleza verdadeira irradia-se da parte mais sagrada do espírito e ilumina o corpo, como a vida que vem das profundezas da terra e fornece cor e fragrância à flor.

A autêntica beleza origina-se da harmonia espiritual a que chamamos amor, que pode existir entre um homem e uma mulher.

Porventura meu espírito e o de Selma encontraram-se naquele dia, e aquele desejo me fez vê-la como a mais linda mulher sobre a terra? Ou eu estava inebriado pelo vinho da juventude a ponto de fantasiar sobre o que nunca existiu?

Será que minha juventude cegou minha visão e me fez imaginar o brilho dos olhos dela, a doçura de seus lábios e a graça de sua imagem? Ou talvez seu brilho, encanto e graça abriram-me os olhos, mostrando-me a felicidade e a tristeza que residem no amor?

Não é fácil responder a essas perguntas, mas afirmo com franqueza que, naquele momento, uma emoção que nunca antes havia experimentado se apossou de mim, um novo afeto envolvendo

Asas partidas

calmamente meu coração, tal como o espírito que pairou sobre as águas na criação do mundo, e daquele afeto nasceu minha felicidade e desgraça.

As horas de meu primeiro encontro com Selma correram desse modo, e assim a vontade dos Céus liberou-me da escravidão da juventude e da solidão e permitiu-me acompanhar o cortejo do amor. O amor é a única liberdade do mundo, pois eleva o espírito de tal maneira que as leis da humanidade e os fenômenos da natureza não podem mudar seu curso.

Quando me preparava para sair, Farris Effandi se aproximou e disse com gravidade: "Meu filho, agora que já sabe o caminho desta casa, você deve vir sempre e sentir-se como se viesse à casa de seu pai. Tenha-me como um pai, e a Selma, como uma irmã". Depois, voltou-se para Selma, como para obter confirmação do que havia dito. Ela acenou positivamente com a cabeça e fitou-me como alguém que encontra um antigo conhecido.

Aquelas palavras de Farris Effandi Karamy puseram-me ao lado de sua filha no altar do amor. Aquelas palavras eram uma cantiga celestial que começaria com exaltação e terminaria em tristeza; ergueram nossos espíritos ao reino da luz e do calor mais ardente; e foram como a resina que colou felicidade e infortúnio.

Kahlil Gibran

Saí da casa. O velho senhor acompanhou-me até o limiar do jardim, enquanto meu coração pulsava descompassado, como os lábios trêmulos de um homem sedento.

4
A tocha branca

O mês do *nisan* já estava terminando. Eu continuava a visitar a casa de Farris Effandi e a encontrar Selma naquele belo jardim, encantando-me com sua beleza, maravilhando-me com sua inteligência e ouvindo o silêncio da tristeza. Uma mão invisível parecia empurrar-me para ela.

Um novo significado para sua beleza surgia a cada visita que lhe fazia, uma nova interpretação de seu doce espírito, até que ela se tornou um livro cujas páginas eu conseguia compreender e cujos salmos podia cantar, embora a leitura nunca se completasse. A mulher abençoada pela Providência com beleza de espírito e de corpo é uma verdade ao mesmo tempo visível e oculta, cuja compreensão somente podemos alcançar através do amor e da virtude, e que desaparece como um sonho, quando buscamos descrevê-la.

Selma Karamy era física e espiritualmente linda, mas como poderia eu descrevê-la para alguém que nunca a tivesse visto? Poderia um morto recordar-se do canto de um rouxinol, da fragrância de uma rosa, do sussurro de um regato? Poderia um prisioneiro sujeitado por fortes grilhões alcançar a brisa da aurora? O silêncio não seria mais doloroso que a morte? Estaria o orgulho me impedindo de descrever Selma com palavras simples, uma vez que não posso pintá-la fielmente em suas luminosas cores? Um homem faminto num deserto não se recusaria a comer pão seco, se o Céu não lhe enviasse maná e codornas.

Em seu vestido de seda branca, Selma era singela como um raio de luar penetrando pela janela. Caminhava com ritmo e graça. Sua voz era suave e doce; as palavras saíam de seus lábios como gotas de orvalho caindo das pétalas de flores balançadas pelo vento.

E o que dizer do rosto de Selma? Palavra nenhuma seria capaz de descrever sua expressão, que refletia, a um primeiro olhar, grandes sofrimentos íntimos, e em seguida êxtase celestial.

Ela não tinha uma beleza clássica; era como um sonho revelador que não pode ser mensurado, limitado ou copiado pelo pincel de um artista ou pelo cinzel de um escultor. A beleza de Selma não se encontrava em seus cabelos dourados, mas na virtude e pureza que os aureolavam; nem em seus

Asas partidas

grandes olhos, mas na luminosidade que irradiava deles; não em seus lábios vermelhos, mas na doçura de suas palavras; não em seu pescoço de marfim, mas em sua curva suave para a frente. Também não estava em sua silhueta perfeita, mas na nobreza de seu espírito, que ardia como uma tocha branca entre a terra e o céu. Sua beleza era como uma dádiva de poesia. Não obstante os poetas são pessoas infelizes, porque, não importa quão alto ergam seus espíritos, eles estarão sempre encerrados numa cápsula de lágrimas.

Selma refletia consigo mesma mais do que falava, e sua quietude era uma espécie de música que transportava seu interlocutor a um mundo de sonhos, e o fazia ouvir as batidas de seu coração e ver os fantasmas de seus próprios pensamentos e sentimentos de pé diante dele e olhando-o diretamente nos olhos.

Ela usava um manto de profunda tristeza em sua vida, o que destacava sua estranha beleza e dignidade, aproximando-a, em imagem, a uma árvore florida, mais agradável de ser vista através da bruma da aurora.

A tristeza uniu seu espírito ao meu, como se víssemos no rosto um do outro o que o coração estava sentindo, e escutássemos o eco de uma voz interior. Deus criara dois corpos em um, e a separação nada traria além da angústia. Uma alma infeliz encontra paz quando ligada a outra. Elas se unem carinhosamente, como o estrangeiro que se alegra ao encontrar outro estrangeiro numa terra estranha. Os corações que se unem pela força da infelicidade não serão separados nem mesmo pela glória da felicidade. O amor purificado pelas lágrimas ficará puro e belo para sempre.

5
A tempestade

Certo dia, Farris Effandi convidou-me a jantar em sua casa. Prontamente aceitei, uma vez que meu espírito ansiava pelo pão que o Céu fizera das mãos de Selma, pão celestial, que faz nossos corações mais famintos à medida que dele nos nutrimos. O mesmo pão que Qays, o poeta árabe, Dante e Safo experimentaram, e que incendiou seus corações; o pão que Deus prepara com o afeto de beijos e o amargor das lágrimas.

Ao chegar à casa de Farris Effandi, avistei Selma sentada num banco do jardim, descansando a cabeça recostada em uma árvore, parecendo uma noiva em seu vestido de seda branca, ou um vigia que guardasse seu posto.

Silenciosa e reverentemente, aproximei-me e sentei perto dela. Nada disse, conformando-me com o silêncio, a única linguagem do coração, mas senti que Selma ouvia meu mudo chamado e contemplava em meus olhos o fantasma de minha alma errante.

33

Após alguns momentos, seu velho pai apareceu e me saudou, como já era seu hábito. Quando estendeu a mão em minha direção, julguei que ele estivesse abençoando os segredos que me uniam a sua filha. Disse então: "O jantar está pronto, meus filhos, vamos comer". Levantamo-nos e o seguimos; os olhos de Selma brilhavam, pois um sentimento novo se agregara a seu amor, quando seu pai nos chamou "filhos".

Acomodamo-nos à mesa, apreciando a comida e saboreando um velho vinho; nossas almas, porém, vagavam por um mundo bem distante. Sonhávamos com o futuro e as inquietações que ele gera.

Três pessoas separadas em pensamentos, porém unidas pelo amor; três seres reunidos por muitos pressentimentos e poucas certezas; um drama estava sendo encenado por um homem idoso que idolatra sua filha e está apreensivo com sua felicidade, e também por uma jovem de 20 anos que busca vislumbrar seu futuro, além de um rapaz que sonha e se inquieta, e que, não tendo ainda experimentado o vinho da vida, nem seu vinagre, busca atingir alturas do amor e da sabedoria, mas sem conseguir erguer-se da terra. Admirando o cair da tarde, naquela casa isolada, nós três comíamos e bebíamos, protegidos pelos olhos celestiais,

Asas partidas

embora no fundo de nossas taças se depositassem a amargura e a tristeza. Quando terminamos de jantar, uma das empregadas anunciou a presença à porta de um homem que desejava ver Farris Effandi. "Quem é?", perguntou o velho. "O mensageiro do bispo", disse a empregada. Passou um infinitesimal instante de silêncio, durante o qual Farris Effandi postou-se frente à filha como um profeta que contemplasse os Céus para revelar seu segredo. Em seguida, ele ordenou à empregada: "Mande-o entrar".

A empregada se retirou para o vestíbulo e retornou acompanhando um homem vestido à oriental e com um grande bigode de pontas retorcidas, que saudou o dono da casa dizendo: "Sua Eminência, o bispo, enviou-me em sua carruagem particular, pois deseja discutir um assunto importante com o senhor". O rosto do velho endureceu, e seu sorriso apagou-se. Após um instante de acentuada meditação, aproximou-se de mim e disse numa voz amiga: "Espero encontrá-lo aqui quando retornar, pois Selma gostará de ficar em sua companhia neste lugar isolado".

Dizendo isso, voltou-se para a filha e, sorrindo, indagou se ela concordava. Selma aprovou com a cabeça, mas suas faces coraram; e com uma voz mais doce que a música de uma lira, disse: "Farei o possível para ser agradável a nosso visitante, papai".

Selma observou a carruagem, que conduzia seu pai e o mensageiro do bispo, até que o veículo desaparecesse. Em seguida, veio e sentou-se em frente a mim num divã forrado de seda verde. Ela parecia um lírio inclinado pela brisa do alvorecer sobre um tapete de grama verde. Assim, a vontade celestial permitiu que eu ficasse sozinho com Selma, à noite, em sua bela casa cercada de árvores, em que a quietude, o amor, a beleza e a virtude envolviam tudo.

Ficamos em silêncio, como se aguardando que o outro começasse a conversa, mas conversar não é o único modo de compreensão entre duas almas. Não são as palavras, originadas dos lábios e das bocas, que realizam a união dos corações.

Existe algo maior e mais puro, para além daquilo que as palavras apresentam. O silêncio inspira nossas almas, sussurra em nossos corações, aproximando-nos. O silêncio nos separa de nós mesmos, nos faz percorrer o firmamento do espírito e nos conduz para mais perto dos Céus; permite-nos perceber que os corpos nada mais são que prisões, e que este mundo é somente um lugar de exílio.

Selma mirou-me, e seus olhos desvelaram para mim o segredo de seu coração. Foi quando ela disse,

Asas partidas

calmamente: "Vamos ao jardim, sentar sob as árvores e esperar que a lua apareça por trás das montanhas". Segui-a obedientemente, embora hesitante.

"Não seria melhor ficarmos aqui até que a lua saia e ilumine o jardim?" E prossegui: "A escuridão oculta as árvores e as flores. Nada podemos ver".

Ela disse então: "A escuridão pode ocultar as árvores e as flores aos nossos olhos, mas não poderá esconder o amor de nossos corações".

Ao dizer isso, ela desviou os olhos para a janela. Fiquei em silêncio, medindo suas palavras e buscando desvendar o verdadeiro significado de cada sílaba. Ela, então, me olhou, como se arrependida do que tinha dito e desejando arrancar aquelas palavras de meus ouvidos com a doçura de seus olhos. Aqueles olhos, porém, ao contrário de me fazer esquecer o que ela dissera, repercutiam nas profundezas de meu íntimo, mais clara e carinhosamente, aquelas doces palavras, que já estavam registradas em minha memória para sempre.

A beleza e a grandeza deste mundo podem ser fruto de um simples pensamento ou emoção interior do homem. Tudo o que observamos em nossos dias, construído por gerações passadas, foi, antes de surgir, um pensamento na mente de um homem ou um impulso no coração de uma mulher. As revoluções sangrentas que incitaram o espírito humano em direção à liberdade constituíram freqüentemente o ideal de um só homem que viveu no meio de outros milhares. As guerras destruidoras que aniquilaram impérios partiram de um pensamento que apareceu na mente de um só indivíduo. Muitos ensinamentos que mudaram o rumo da humanidade foram idéias de um homem cujo gênio se destacou em seu meio. Um simples pensamento construiu as pirâmides, fundou a glória do Islã e determinou o incêndio da biblioteca de Alexandria.

Um pensamento que lhe ocorra à noite pode erguê-lo até a glória ou levá-lo à loucura. Um singelo olhar de mulher pode fazê-lo o homem mais feliz do mundo. Uma palavra dos lábios de um homem pode torná-lo rico ou pobre.

Aquela palavra pronunciada por Selma naquela noite prendeu-me entre o passado e o futuro, como uma embarcação ancorada no meio do oceano. Mas aquela palavra despertou-me da sonolência da juventude e da solidão e postou-me no palco onde a vida e a morte encenam seus papéis.

A fragrância das flores mesclava-se à brisa, quando fomos ao jardim e nos sentamos silenciosamente num banco próximo a um jasmineiro, sentindo a respiração da natureza adormecida, enquanto no firmamento azul os olhos do céu testemunhavam nosso drama.

Asas partidas

A lua destacou-se por trás do monte Sunnin e iluminou a costa, os morros e as montanhas; e pudemos ver as vilas despontando no vale, como assombrações que apareciam subitamente do nada. Conseguimos usufruir a beleza de todo o Líbano, sob os raios prateados da lua.

Os poetas do Ocidente criam imagens do Líbano como um lugar lendário, abandonado desde a passagem de Davi, Salomão e dos Profetas, assemelhando-se ao Jardim do Paraíso, que se perdeu após a expulsão de Adão e Eva. "Líbano", para esses poetas ocidentais, é uma analogia poética associada a uma montanha rodeada pelos Cedros Sagrados. Lembra também os templos de mármore e cobre, sólidos e inexpugnáveis, e bandos de cervos alimentando-se nos vales. Naquela noite eu vi o Líbano como um sonho, com olhos de poeta.

É quando a aparência das coisas muda segundo nossas emoções, e nelas vemos surpresas e formosura, embora a magia e a beleza estejam efetivamente em nós.

Com a luz da lua refletida em seu rosto, pescoço e braços, Selma se assemelhava a uma estátua de marfim, esculpida pelas mãos de algum adorador de Ishtar, deusa da beleza e do amor. Ela me olhou e perguntou: "Por que está tão quieto? Por que não me diz nada sobre seu passado?" Quando a olhei

39

com firmeza, minha mudez desapareceu e consegui então dizer: "Você não ouviu o que lhe disse quando viemos a este pomar? O espírito que ouve o sussurro das flores e o canto do silêncio pode também escutar o grito de minha alma e de meu coração".

Ela cobriu o rosto com as mãos e disse com voz trêmula: "Sim, eu o escutei. Ouvi uma voz que vinha do fundo da noite e um clamor que afligia o coração do dia".

Deixando de lado meu passado, minha própria existência – esquecendo tudo, com exceção de Selma –, respondi: "E eu também a escutei, Selma. Ouvi uma alegre música repercutindo no ar e fazendo todo o universo estremecer".

Quando ouviu essas palavras, ela fechou os olhos e notei em seus lábios um sorriso que era misto de alegria e melancolia. Selma murmurou docemente: "Agora sei que existe algo mais alto que o céu e mais profundo que o oceano, e mais estranho que a vida e a morte e o tempo. Sei agora o que antes não sabia".

Naquele momento, Selma tornara-se mais querida que uma amiga, mais íntima que uma irmã e mais desejada que uma amada. Ela se tornou um pensamento maior, um sonho de beleza, uma emoção sobrenatural habitando meu espírito.

Asas partidas

É equivocado considerar que o amor nasce de longa convivência e de um perseverante galanteio. O amor é conseqüência de uma afinidade espiritual, e se essa afinidade não surgir num instante, nunca será criada, mesmo que passem anos e anos.

Selma ergueu então a cabeça e, mirando o horizonte onde o monte Sunnin encontra o céu, disse: "Até ontem você era para mim como um irmão, com quem eu vivia, e junto de quem me sentava tranqüilamente, sob os cuidados de meu pai. Mas agora sinto algo mais profundo e mais terno que o afeto fraternal, e uma mistura de amor e de medo enche meu coração de tristeza e alegria".

Respondi: "Essa emoção que receamos e nos estremece quando penetra nossos corações é a lei da natureza, que conduz a lua em torno da terra, e o sol em torno de Deus".

Ela pôs a mão em minha cabeça e entrelaçou os dedos em meus cabelos. Seu rosto então se iluminou, e as lágrimas escorreram de seus olhos como gotas de orvalho nas pétalas de um lírio, e ela sussurrou: "Quem poderia crer em nossa história? Quem poderia crer que em apenas uma hora pudéssemos superar os obstáculos da dúvida? Quem acreditaria que este tempo do *nisan*, que nos uniu pela primeira vez, agora nos faria encarar o mais sagrado da vida?"

41

Sua mão permanecia sobre minha cabeça enquanto ela falava; e eu não trocaria por uma coroa real, nem por uma auréola de glórias, aquela mão macia e bela, cujos dedos estavam entrançados em meus cabelos.

"As pessoas não darão crédito a nossa história" – respondi – "porque não sabem que o amor é a única flor que brota e se entreabre sem o concurso das estações; teria sido, então, o *nisan* que nos uniu pela primeira vez, e foi a força dessa hora que nos deteve no mais sagrado da vida? Não teria sido a mão de Deus que aproximou nossas almas antes ainda do nascimento e nos fez prisioneiros um do outro para todos os dias e noites? A vida do homem não começa no ventre materno e nunca termina na sepultura; e este céu, dominado pela lua e cheio de estrelas, não está deserto de almas amantes e espíritos que contemplam."

No momento em que ela retirou a mão de minha cabeça, senti uma espécie de tremor elétrico nas raízes de meus cabelos, uma suave vibração que se misturava à brisa da noite. Como um abnegado homem de fé que alcança sua graça ao beijar o altar de um santuário, tomei a mão de Selma e, tocando-a com meus lábios quentes, por muito tempo a beijei, um beijo cuja recordação tranqüilizou meu

Asas partidas

coração e fez renascer, por sua doçura, toda a virtude de minha alma. Passou-se uma hora, uma hora da qual cada minuto foi um ano de amor. A quietude noturna, o luar, as flores e as árvores nos fizeram esquecer tudo e todos, com exceção do amor. Mas, repentinamente, ouvimos um tropel estrepitoso de cavalos e o ruído estridente de uma carruagem. Fomos então tirados de nosso agradável devaneio e do mundo dos sonhos, para o mundo da dúvida e da tristeza: era o velho homem que voltava de sua missão. Levantamo-nos e fomos em direção ao pomar, para encontrá-lo.

A carruagem chegou à entrada do jardim, e Farris Effandi desceu e caminhou com vagar em nossa direção, um pouco curvado, como se carregasse um peso enorme. Dirigiu-se a Selma e colocou as mãos em seus ombros, parando diante dela. Lágrimas corriam de suas faces enrugadas, e em seus lábios se esboçava um melancólico sorriso: "Minha amada Selma – disse, com voz abafada –, logo você será arrancada dos braços de seu pai para os de outro homem. Logo o destino a tirará desta casa solitária para a espaçosa corte do mundo, e este jardim sentirá falta da pressão de seus passos, e seu pai se tornará um estranho para você. Tudo está decidido, que Deus a abençoe".

Ao ouvir essas palavras, Selma ficou com o rosto pesado, e seus olhos se congelaram, como se ela sentisse o anúncio da morte. Ela então gritou como um pássaro ferido sofrendo, e gemeu com voz abafada: "O que o senhor está dizendo? O que isso significa? Para onde quer me mandar?"

Dirigiu então um olhar indagador para o pai, buscando descobrir seu segredo. "Já entendi" – disse ela em seguida, cortante –, "já entendi tudo. O bispo pediu-lhe minha mão e já tem preparada uma gaiola para aprisionar este pássaro de asas partidas. Este é o seu desejo, meu pai?"

Ele respondeu com um profundo suspiro. Conduziu Selma para dentro da casa, e eu fiquei de pé no jardim, enquanto ondas de confusão me sacudiam como um temporal que atingisse as folhas do outono. Segui-os então até a entrada da sala e, para evitar embaraços, apertei a mão do velho Karamy, olhei para Selma, minha bela estrela, e parti.

Quando cheguei ao limiar do jardim, ouvi o velho me chamando e retornei. "Perdoe-me, meu filho" – ele se desculpou, segurando minha mão. "Estraguei sua noite ao derramar aquelas lágrimas, mas venha, por favor, visitar-me quando minha casa estiver deserta e eu só e desesperado. A juventude, meu filho, não combina com a velhice, como a manhã nunca se mistura com a noite; mas você voltará

Asas partidas

e trará a minha memória os dias da juventude que vivi com seu pai, e me dirá as novidades da vida, pois ela já não me conta mais entre seus filhos. Ou você, porventura, não me visitará mais, quando Selma for embora e eu estiver entregue à solidão?"

No momento em que ele dizia aquelas palavras melancólicas, e eu em silêncio ainda o cumprimentava, percebi lágrimas quentes caindo de seus olhos sobre minha mão. Estremecido de tristeza e afeto filial, senti como se meu coração tivesse sido congelado pela dor. Quando levantei a cabeça, e ele viu lágrimas em meus olhos, inclinou-se em minha direção e beijou-me na testa, dizendo: "Adeus, filho, adeus".

As lágrimas de um homem velho são mais vigorosas que as de um jovem, porque são os últimos restos de vida num corpo já enfraquecido. A lágrima de um jovem é como uma gota de orvalho numa pétala de rosa, ao passo que a de um homem velho é como uma folha madura que cai com o vento invernal.

Ao deixar a casa de Farris Effandi Karamy, a voz de Selma ainda repercutia em meus ouvidos, sua beleza seguia-me como um fantasma, e as lágrimas de seu pai secavam-se lentamente em minha mão.

Kahlil Gibran

Fui embora como Adão abandonando o Paraíso, mas a Eva de meu coração não estava comigo, para fazer do mundo inteiro um novo Éden. Nasci novamente naquela noite, mas também vi o rosto da morte pela primeira vez.

Tudo era como o sol que, com seu calor, cria a vida nas plantações ou a elimina.

6
O lago de fogo

Tudo que o homem faça secretamente na escuridão da noite será revelado à luz do dia. Palavras sussurradas em segredo tornar-se-ão assunto de conversas de esquina. Ações que hoje ocultamos no íntimo de nossas casas, amanhã serão comentadas em todas as ruas.

Foi assim que os fantasmas da escuridão revelaram o propósito do encontro do bispo Bulo Galib com Farris Effandi Karamy, e aquela conversa se espalhou por toda a vizinhança, até alcançar meus ouvidos.

A conversa do bispo Bulo Galib com Farris Effandi naquela noite não foi sobre os problemas dos pobres, ou das viúvas e órfãos. A principal finalidade do bispo, ao procurar Farris Effandi e conduzi-lo em sua carruagem particular, era combinar o casamento de Selma com seu sobrinho, Mansour Bey Galib.

Selma era filha única do rico Farris Effandi, e o bispo a escolheu para o sobrinho, não em razão de sua beleza e nobreza de espírito, mas pelo dinheiro do pai, que garantiria a Mansour Bey uma fortuna boa e próspera, além de torná-lo um homem importante.

Os que comandam a religião no Oriente não se satisfazem com a própria prosperidade, mas se empenham em tornar todos os membros de suas famílias superiores e dominadores. A glória de um rei passa para seu filho mais velho por herança, mas a ascensão de um chefe religioso tem de beneficiar também seus irmãos e sobrinhos. É por esse motivo que o bispo cristão, o imã muçulmano e o sacerdote brâmane tornaram-se como répteis do mar, que prendem sua presa com muitos tentáculos e sugam seu sangue por inúmeras bocas.

No momento em que o bispo pediu a mão de Selma para o sobrinho, recebeu do velho Karamy, como única resposta, um profundo silêncio e lágrimas caindo, pois ele odiava perder sua única filha. Qualquer homem sente estremecer sua alma, ao separar-se da filha única, de quem sempre cuidara até então.

A consternação dos pais no casamento de uma filha corresponde à alegria deles no casamento de um filho, porque o filho traz um novo membro para a família, enquanto a filha, depois de se casar, está perdida para eles.

Asas partidas

Mesmo contrariado, Farris Effandi aceitou o pedido do bispo, acedendo com certa resistência a seu desejo, pois conhecia muito bem o sobrinho do bispo, sabia que ele era vingativo e corrupto.

No Líbano, nenhum cristão podia contrapor-se a seu bispo e manter-se em boa posição social. Ninguém podia contrariar seu chefe religioso e, ao mesmo tempo, manter sua reputação. Como o olho não resiste a um golpe de lança sem ser perfurado, e a mão não consegue agarrar a lâmina de uma espada sem ser por ela ferida[2].

Vamos presumir que Farris Effandi tivesse resistido ao bispo, não aceitando seu pedido imperativo; nesse caso, a reputação de Selma certamente seria atingida, e seu nome difamado pelo que há de mais imundo nos lábios e nas línguas. Na opinião da raposa, os cachos de uvas que ficam no alto, e não podem ser por ela alcançados, estão verdes.

Foi assim que o destino aprisionou Selma e a levou a uma condição de escrava humilhada, no cortejo da miserável mulher oriental, fazendo aquele nobre espírito cair na armadilha, depois de ter voado livremente por um céu enluarado e

---

[2] Em sua primeira fase literária, produzida em árabe, Gibran adota uma posição crítica quanto à situação de seu país e à atuação da Igreja. Em conseqüência, ele foi excomungado e viveu exilado por vários anos.

perfumado pela fragrância das flores, nas asas brancas do amor³. Em certos países, a riqueza dos pais é uma fonte de infelicidade para os filhos. Os pais criam compartimentos amplos, porém fechados, para proteger seus bens, tornando-os uma prisão estreita e escura para as almas de seus herdeiros. O dinheiro todo-poderoso que o povo venera transforma-se num demônio que pune o espírito e endurece o coração. Selma Karamy foi uma dessas vítimas da riqueza dos pais e da ambição do noivo. Se seu pai não fosse rico, Selma ainda estaria vivendo em felicidade.

Passou-se uma semana. Meu único pensamento era o amor de Selma, que me inspirava cantigas de alegria à noite e despertava-me ao amanhecer, tudo para me revelar o sentido da vida e os segredos da natureza. Um amor paradisíaco livre do ciúme é substancial e faz bem ao espírito. É uma profunda sintonia, que possibilita à alma flutuar de felicidade; uma enorme fome de afeto que, ao se satisfazer, invade o coração de bondade; um carinho que gera a esperança sem abalar o espírito e faz da terra um paraíso, e a transforma num doce e belo

---

[3] Entre as preocupações do autor, está a da posição de inferioridade e submissão da mulher, que ele denuncia nesta obra. Essa situação se mantém praticamente inalterada até hoje, na maior parte da região.

Asas partidas

sonho. Ao amanhecer, andando pelos campos, eu sentia a presença da Eternidade no despertar da natureza, como quando me sentava na praia e podia escutar as ondas cantando a cantiga dos Milênios. Ao caminhar pelas ruas, percebia a beleza da vida e o esplendor da humanidade no rosto dos que passavam e na faina dos trabalhadores.

Aqueles dias passaram como fantasmas e se dissiparam como bruma, restando então para mim apenas tristes recordações. Os olhos, que tinham avistado o fulgor da primavera e o amanhecer da natureza, nada mais viam senão a fúria da tempestade e a desolação do inverno. Os ouvidos, que antes escutavam prazerosamente as cantigas das ondas, agora conseguiam apenas sentir a chibatada do vento e o furor do mar contra o penhasco. A alma, que havia sentido com alegria o vigor incansável da humanidade e a glória do universo, estava torturada pelas provas de decepção e pelo fracasso. Nada havia sido mais belo que tais dias de amor, e nada era mais amargo que aquelas horríveis noites de consternação.

Resisti quanto pude, mas, no fim de semana, fui novamente à casa de Selma – altar erguido pela Beleza e abençoado pelo Amor, e onde o espírito podia venerar, e o coração ajoelhar-se humildemente e dizer uma prece. Ao entrar no jardim, senti que uma força me puxava deste mundo e me transportava a uma região sobrenatural, onde não havia disputas nem preocupações. Como um místico que recebe uma revelação do Céu, encontrei-me entre árvores e flores, e tão logo me aproximei da entrada da casa, avistei Selma sentada no banco à sombra de um jasmineiro, o mesmo em que nos sentáramos na semana anterior, naquela noite que a Providência elegera para o início da minha felicidade e desgraça.

Quando me aproximei, ela nada disse, nem se moveu. Pareceu que Selma havia notado intuitivamente minha aproximação, e quando me sentei a seu lado, ela me olhou por um momento e suspirou profundamente, movendo depois a cabeça para observar fixamente o céu. Então, após alguns instantes mergulhada naquele mágico silêncio, ela se voltou para mim e trêmula pegou minha mão, balbuciando com voz tênue: "Olhe para mim, meu amigo; leia em meu rosto aquilo que você quer saber e que eu não posso contar. Olhe para mim, meu amado... olhe para mim, meu irmão".

Fitei-a firmemente e observei que aqueles olhos, que poucos dias antes sorriam como lábios e se agitavam como asas de um rouxinol, já estavam sem vida e paralisados pela tristeza e pesar. Seu rosto, que parecera desabrochar em pétalas de lírio tocadas pelo sol, tinha se tornado pálido. Seus doces lábios eram como duas rosas que haviam murchado

Asas partidas

nos galhos, com o outono. Seu pescoço, que havia sido como uma coluna de marfim, agora se inclinava para a frente, como se não mais agüentasse o peso da dor que a cabeça suportava.

Pude sentir essas mudanças na face de Selma, embora elas fossem para mim como uma nuvem que passa e cobre a lua, deixando-a mais bela. Ainda que, em razão de dor e tragédia, um olhar que revela força interior acrescenta mais beleza ao rosto; mas, se não expressa mistérios, mesmo com traços harmoniosos, o rosto não é belo. A taça não atrai nossos lábios, a menos que se veja a cor do vinho através da transparência do cristal.

Naquela noite Selma era como uma taça de vinho celeste, mesclando em seu bojo amargor e doçura da vida. Naquele momento, ela simbolizava a mulher oriental, que nunca deixa a casa dos pais até que se ponha no pescoço o pesado grilhão de seu marido; a jovem que não abandona os braços acolhedores de sua mãe, a não ser para viver como escrava, suportando a hostilidade da mãe de seu marido.

Continuei mirando a Selma e ouvindo seu espírito entristecido e penando com ela, até sentir que o tempo havia estancado, e que o universo deixara de existir. Eu conseguia apenas contemplar seus dois grandes olhos olhando-me firmemente, sentindo sua mão fria e trêmula apoiando-se na minha.

Kahlil Gibran

Despertei de meu delírio, quando Selma disse calmamente: "Venha, meu amado, vamos conversar sobre o terrível futuro, antes que ele venha de fato. Papai foi encontrar-se com o homem que será meu companheiro até a morte. Meu pai, que Deus escolheu de propósito para minha existência, irá encontrar-se com o homem que o mundo sentenciou ser meu senhor pelo resto de minha vida. No coração desta cidade, o velho homem, que esteve ao meu lado durante minha juventude, encontrar-se-á com o jovem que será meu companheiro nos anos que virão. Esta noite as duas famílias irão determinar a data do casamento. Que momento esdrúxulo e inacreditável! Há uma semana, a esta hora, sob este jasmineiro, o Amor envolveu minha alma pela primeira vez, enquanto o Destino escrevia a primeira palavra da história de minha vida na mansão do bispo. Agora, enquanto meu pai e meu pretendente planejam detalhes do dia do casamento, vejo seu espírito, meu amigo, movendo-se a meu redor como um pássaro sedento que voa sobre uma fonte de água vigiada por uma serpente faminta. Ah! Como esta noite é grande! E seu mistério tão profundo!"

    Ao ouvir aquelas palavras, senti o negro fantasma do desalento absoluto encobrindo nosso amor com seu manto, para sufocá-lo em seu nascedouro, e lhe redargüi: "Este pássaro continuará a esvoaçar ao

Asas partidas

redor da fonte, até que a sede o aniquile, ou que se torne presa da serpente, caindo em suas garras".

"Não, meu amado" – respondeu –, "esse rouxinol deve continuar vivo e cantar, até que a escuridão venha, que a fonte se esgote, que o fim do mundo chegue, e depois permanecer cantando para sempre. Seu canto não pode ser dominado pelo silêncio, porque traz vida ao meu coração, suas asas não devem ser quebradas, porque seu movimento afasta as névoas de meu coração".

Respondi-lhe, então: "Selma, meu amor, a sede o esgotará, e o medo o matará".

De pronto, ela retrucou com os lábios trêmulos: "A sede da alma é mais doce que o vinho feito da matéria e o temor do espírito, mais precioso que a segurança do corpo. Mas escute com cuidado, meu querido, eu estou hoje para entrar numa nova vida, sobre a qual nada sei. Sou como um cego que tateia o caminho para não cair. A fortuna de meu pai colocou-me no mercado de escravos, e este homem me comprou. Não o amo e nem ao menos o conheço, mas devo aprender a amá-lo, devo obedecer-lhe, servi-lo e fazê-lo feliz. Devo a ele tudo que uma mulher frágil deve a um homem forte".

E prosseguiu: "Quanto a você, meu amado, sua existência mal começou. Você pode percorrer livremente os amplos espaços da vida, recobertos de flores. Você é livre para caminhar pelo mundo, utilizando seu coração como uma tocha para clarear o caminho. Pode pensar, falar e agir com liberdade; você pode escrever seu nome no rosto da existência, porque é homem; pode viver como senhor de si próprio, porque o dinheiro de seu pai não o colocará no mercado de escravos para ser comprado e vendido; pode casar-se com a mulher que escolher e, antes mesmo que ela habite sua casa, pode abrir seu coração e fazer-lhe despreocupadamente suas confidências".

Por um momento houve um pesado silêncio, e em seguida Selma continuou: "Será, então, que a vida agora nos atingirá de maneira distinta, com você conhecendo a glória do homem, e eu, o fardo da mulher? Porventura é para isso que o vale esconde, em suas profundezas, a canção do rouxinol, e o vento espalha as pétalas da rosa, e os pés espezinham a taça de vinho? Foram inúteis todas essas noites que passamos sob o jasmineiro ao luar, e nas quais nossas almas se uniram? Será que voamos muito rápido em direção às estrelas, esgotando a força de nossas asas, e por essa razão caímos no abismo? Ou será que o Amor estava adormecido, quando caminhou até nós, e quando despertou se enraiveceu e decidiu nos punir? Ou os nossos espíritos se tornaram um furacão que nos fez em

Asas partidas

pedaços, varrendo-nos como pó para o fundo do vale? Não desobedecemos a nenhum mandamento, nem provamos do fruto proibido: por que, então, estamos sendo expulsos do paraíso? Se jamais conspiramos, nem nos sublevamos, por que, então, estamos descendo ao inferno? Não, não, os instantes que nos uniram são maiores que séculos, e a luz que alumiou nossos espíritos é mais forte que as trevas; se a tempestade nos separa nesse oceano bravio, as ondas nos unirão na praia calma; e se essa vida nos destrói, a morte nos unirá. Um coração de mulher não muda com a simples virada do tempo ou da estação; mesmo sentenciado à morte eterna, ele nunca perecerá. Um coração de mulher é como o calmo prado transformado em campo de batalha; depois de as árvores terem sido destroçadas, e a grama, queimada; depois de as rochas terem sido tingidas de sangue, e a terra repleta de ossos e crânios, o campo se mostra calmo, imerso na quietude, como se nada tivesse acontecido; pois o outono e a primavera retornam em seu momento e retomam sua faina.

"E agora, meu amado, o que devemos fazer? Como nos apartamos e quando nos encontraremos? Consideraremos o amor um estranho visitante que foi nosso hóspede à noite e nos deixou pela manhã? Ou devemos presumir que este afeto é um sonho que nos chegou em meio ao sono, e partiu ao despertarmos?

"Seria melhor considerar esta semana um momento de embriaguez, a ser substituído pelo bom senso? Erga a cabeça e deixe-me olhá-lo, meu amor; mexa os lábios e deixe-me ouvir sua voz. Fale comigo! Você ainda se lembrará de mim, após esta borrasca que naufragou o barco de nosso amor? Escutará o ruído de minhas asas no silêncio da noite? E também meu espírito agitando-se sobre você? Ouvirá meus suspiros? Enxergará minha sombra aproximar-se com as sombras do anoitecer e desaparecer com o brilho da aurora? Fale, meu amado, o que será você, depois de ter sido um mágico foco de luz para meus olhos, uma doce cantiga para meus ouvidos e asas para minha alma? O que será você?"

Ouvindo essas palavras, meu coração se enterneceu, e eu disse a Selma: "Serei o que você desejar, minha amada".

"Desejo que você me ame" – disse-me ela –, "como um poeta ama seus tristes versos. Desejo que você se lembre de mim como um viajante recorda uma lagoa tranqüila em que sua imagem se refletia, enquanto ele se dessedentava. Desejo que você se lembre de mim como uma mãe se recorda do filho que morreu antes de ver a luz; e quero que

Asas partidas

você se lembre de mim como um rei justo que não esquece o morto antes que seu perdão o alcance. Desejo que seja meu companheiro, que visite meu pai e o console em sua solidão, porque dentro em pouco deverei deixá-lo e transformar-me numa estranha para ele".

"Farei tudo que você me pede" – respondi – "e tornarei minha alma uma proteção para a sua, e meu coração, uma morada para sua beleza, e meu peito, uma sepultura para seus sofrimentos. Vou amá-la, Selma, como os campos amam a primavera, e viverei em você a vida de uma flor sob os raios de sol. Tal como o vale repete o eco dos sinos das vilas, repetirei seu nome e recolherei a linguagem de sua alma, como a praia que guardou as histórias trazidas pelas ondas. Vou recordá-la como um estrangeiro se lembra de seu amado e longínquo país, como um faminto se lembra de um banquete, como um rei destronado se lembra de seus dias de glória, e como um prisioneiro traz mentalmente de volta suas horas de paz e liberdade. Vou me lembrar de você como um semeador se lembraria dos feixes de trigo guardados em seu silo, e como um pastor rememoraria os grandes campos e os mornos riachos."

Selma escutou minhas palavras com o coração inquieto e disse: "Amanhã a verdade se tornará fantasmagórica, e o despertar será como um pesadelo.

Kahlil Gibran

Porventura será possível a um amante satisfazer-se ao abraçar um fantasma, e um homem sedento matar a sede na fonte de um sonho?"

"Amanhã" – respondi – "o destino a integrará numa família pacífica, mas me atirará num mundo de luta e morte. Você estará junto a uma pessoa a quem a sorte tornou ainda mais afortunado, através de sua beleza e de sua virtude, ao passo que eu deverei viver de sofrimento e pavor. Você adentrará o portal da vida, enquanto eu penetrarei o da morte. Você será recebida hospitaleiramente, mas eu viverei em solidão e terei de erguer uma estátua de amor para adorá-la no vale da morte. O amor será meu conforto solitário; eu o beberei como um vinho e o usarei como um sudário. Quando amanhecer, o amor me despertará da sonolência e me levará a campos distantes, e à tarde me conduzirá sob a sombra das árvores, e como os pássaros, ali me protegerei do calor do sol. O anoitecer me obrigará a uma pausa, antes do pôr-do-sol, para ouvir a canção de despedida da natureza à luz do dia, e me mostrará nuvens fantasmagóricas percorrendo o céu. À noite, o amor me abraçará, e dormirei sonhando com o mundo paradisíaco onde vivem espíritos de amantes e poetas. Na primavera, caminharei ao lado do amor entre violetas e jasmins e beberei as últimas gotas

Asas partidas

do inverno em copos de lírios. No verão, as amarras de feno serão nossos travesseiros, e a relva será a nossa cama; e o céu azul nos envolverá, quando contemplarmos a lua e as estrelas.

"No outono, em companhia do amor, irei ao vinhedo, e nos sentaremos perto da prensa do vinho e veremos as vinhas sendo despidas de seus ornatos de ouro, e os bandos de pássaros em migração voarão sobre nós. No inverno, sentaremos ao lado do fogo, narrando aventuras de antanho e histórias de países distantes. Durante a juventude, o amor será meu guia; na meia-idade, meu auxílio; e na velhice, meu prazer. O amor, minha querida Selma, me acompanhará até o fim de meus dias, e depois da morte a mão de Deus nos unirá de novo."

Aquelas palavras vieram das profundezas de meu coração, com o estrépito de brasas que saltassem da lareira para, em seguida, se transformar em cinzas. Selma me respondia com lágrimas.

Quem não recebeu as asas do amor não pode romper a nuvem das aparências e ver o mundo mágico no qual o espírito de Selma e o meu viveram juntos, naquela hora de consternação feliz. Quem o amor não escolheu como discípulo não ouve quando ele o chama. Esta história não é para os não escolhidos. Ainda que eles conseguissem entender estas páginas, não estariam preparados para penetrar os ocultos significados que não se mostram no conteúdo das palavras e tampouco se registram no papel. Mas que ser humano é esse que jamais terá bebido o vinho da taça do amor, e que espírito é esse que nunca terá se colocado reverentemente diante do altar iluminado, no templo ladrilhado pelos corações de homens e mulheres e cujo teto é o sobrecéu oculto dos sonhos? Que flor é essa, em cujas pétalas a alvorada jamais depositou uma gota de orvalho; que riacho é esse que perdeu seu curso e não desaguou no oceano?

    Selma levantou o rosto e contemplou as estrelas que enfeitavam o céu. Abriu as mãos amplamente; seus olhos dilataram-se, e os lábios estremeceram. No rosto pálido, pude ver as marcas de dor, opressão, desesperança e infelicidade. "Ah! Deus" – disse ela com enorme pesar –, "o que terá feito esta mulher para ofender ao Senhor? Que afronta terá ela cometido, para merecer tal punição? Por qual crime está ela sendo condenada a um castigo eterno? Oh! Deus, o Senhor é forte, eu sou fraca. Por que me causa dor? O Senhor é forte e poderoso, e eu sou apenas uma criatura frágil rastejando diante de Seu trono. Por que me espezinha? O Senhor é uma furiosa tempestade, e eu sou apenas pó; por que, meu Deus, joga-me sobre a terra fria? O Senhor é poderoso e eu, desamparada; por que

Asas partidas

me combate? Por que me aniquila? Se criou a mulher com amor, por que com amor a destrói? Com Sua mão direita a ergue e com a esquerda a joga no abismo, e ela desconhece o motivo. Insuflou em sua boca o sopro da vida, e em seu coração espalhou as sementes da morte. Devia indicar-lhe o caminho da felicidade, porém obrigou-a a seguir a vereda da desgraça; deveria ter colocado, em sua boca, uma canção de alegria, mas prendeu sua língua à agonia e fechou seus lábios de tristeza. Seus dedos divinos cicatrizaram suas feridas. Mas Suas mãos impediram com desgraças a busca de prazeres. Cercou seu abrigo com prazer e tranqüilidade, mas juntou também preconceitos e pavor. Por Sua vontade, ela ganhou o dom do afeto, mas fez irradiar a vergonha desse mesmo afeto. Através de Sua vontade, mostrou a beleza da criação, mas seu amor pela beleza tornou-se uma fome terrível. Forçou-a a beber a vida na taça da morte, e a morte na taça da vida. Depurou-a com lágrimas, e em lágrimas fez sua vida continuar a correr. Ah, Deus, abriu os meus olhos com o amor, e com esse mesmo amor me cegou. Beijou-me com Seus lábios e em seguida com Sua mão forte me bateu. Plantou em meu coração uma rosa branca, mas colocou em volta dela uma proteção de espinhos. Prendeu meu momento presente ao espírito de um jovem que amo, mas minha vida ao corpo de um desconhecido. Então, ajude-me, meu Deus, a ser forte nesta luta mortal, e me socorra para que eu seja verdadeira e honesta até a morte. Que seja feita a Sua vontade, Senhor Deus."

Voltou a imperar o silêncio. Selma baixou os olhos, pálida e frágil; seus braços desfaleceram completamente, e sua cabeça pendeu, e era como se uma tempestade tivesse partido um galho de uma bela árvore e o tivesse atirado ao chão, para secar e perecer inapelavelmente.

Segurei sua mão fria e a beijei. Contudo, ao tentar consolá-la, percebi que necessitava mais de consolo do que ela. Fiquei quieto, meditando sobre nossa condição e ouvindo o tumulto de meu coração. Nada mais dissemos.

A tortura extrema é muda, por isso nos sentamos quietos, petrificados, como colunas de mármore enterradas sob ruínas após um tremor de terra.. Nem quisemos ouvir-nos um ao outro, porque a pele de nossos corações havia se tornado tão frágil, que até um esforço de respiração a romperia.

Já dera meia-noite, e podíamos avistar a lua crescente erguendo-se por trás do monte Sunnin; este, em meio às estrelas, parecia o imenso perfil de um cadáver, num gigantesco caixão ladeado pela luz espectral de velas. E o Líbano parecia um

Asas partidas

velho, cujas costas pendiam em função da idade avançada, e cujos olhos eram um abrigo para a insônia, vigiando a treva e esperando o alvorecer; naquela hora, o Líbano parecia um rei sentado nas cinzas de seu trono, nas ruínas de seu palácio.

As montanhas, as árvores e os rios modificam sua aparência com as vicissitudes dos tempos e das estações, e o homem, por sua vez, se transforma conforme suas vivências e emoções. O álamo imponente que durante o dia é como uma noiva será semelhante a uma mera coluna de fumaça quando entardecer; a enorme rocha que se ergue inatingível à tarde parecerá à noite um miserável indigente, que tem a terra como cama e o céu como casa; e o regato que vemos cintilando no amanhecer e cantando o hino da eternidade emitirá sussurros à noite como uma corrente de lágrimas, pranteando como a mãe separada de seu filho. E o Líbano, que uma semana antes nos parecia grandioso, quando era lua cheia e nossos espíritos estavam felizes, naquela noite parecia melancólico e solitário.

Levantamo-nos e nos despedimos, embora o amor e o desespero permanecessem em nós, como dois fantasmas que, abrindo suas asas, enfiassem suas garras sobre nossas gargantas; enquanto um chorava, o outro␣sorria␣de␣maneira␣ameaçadora.

Segurei a mão de Selma e a apertei contra meus lábios; ela se aproximou e beijou-me a fronte, e em seguida quase desfaleceu sobre o banco de madeira. Cerrou os olhos e murmurou suavemente: "Ah, meu Deus, tenha misericórdia de mim e cicatrize minhas asas partidas!"

Quando deixei Selma no jardim, era como se meus sentidos estivessem cobertos por um denso véu, como um lago cuja superfície estivesse oculta pela bruma.

A beleza das árvores, o luar, a quietude profunda, tudo a minha volta parecia feio e desalentador. A luz autêntica que me mostrara a beleza e maravilha do universo transformara-se numa grande chama que havia reduzido meu coração a cinzas; e a música eterna que eu costumava ouvir convertera-se num grito mais assustador que o rugido de um leão.

Chegando a meu quarto, joguei-me na cama e, como um pássaro atingido pelo tiro do caçador, repetia as palavras de Selma: "Ah, meu Deus, tenha misericórdia de mim e cicatrize minhas asas partidas".

7
Frente ao trono da morte

Em nossos dias, o casamento é uma deturpação, e os culpados são os jovens e seus pais. Em grande parte das nações, os jovens parecem vencer, e os pais perdem. A mulher é vista como uma utilidade adquirida e entregue de uma casa a outra. Com o passar do tempo, sua beleza se consome, e ela se torna como uma velha peça do mobiliário, encostada num canto sombrio.

A civilização moderna possibilitou à mulher mais sabedoria, mas fez crescer seus sofrimentos por causa da ambição dos homens. A mulher de antes era uma esposa contente, ao passo que a de hoje é uma amante infeliz. No passado, ela andava às cegas em plena claridade, mas agora caminha de olhos abertos em meio às trevas. Era bela em sua falta de saber, virtuosa em sua simplicidade e vigorosa em sua fragilidade. Em nossos dias, ela se tornou feia em sua ingenuidade, superficial e insensível em sua sabedoria. Chegará o tempo em que a beleza e a sabedoria, a ingenuidade e a virtude, a fragilidade no corpo e a firmeza de espírito estarão juntas numa mesma mulher?

Estou entre os que acreditam que o progresso espiritual é uma norma da vida humana, não obstante a vereda para a perfeição seja penosa e difícil. Se uma mulher se ergue em uma característica e se retarda em outra, é porque a íngreme trilha que conduz ao pico da montanha não está livre de emboscadas de ladrões e esconderijos de lobos.

Essa curiosa geração vive entre o sono e o despertar. Ela tem nas próprias mãos a terra do passado e as sementes do futuro. Não obstante, há sempre, em cada cidade, uma mulher que representa o futuro.

Em Beirute, Selma Karamy era o símbolo da futura mulher oriental, mas, como muitos que vivem adiante de seu tempo, tornou-se uma vítima do presente; e, como uma flor arrancada de seu galho e levada pela corrente do rio, ela participou do infeliz cortejo dos derrotados.

Depois que se casaram, Mansour Bey Galib e Selma foram morar numa bela casa em Ras Beirute, bairro em que viviam todos os ricos. Farris Effandi Karamy ficou em seu solitário lar, no meio

Asas partidas

de seu jardim e pomar, como que pastoreando sozinho o seu rebanho.

    Os dias e noites agradáveis de noivado passaram, mas a lua-de-mel deixou recordações de tempos de tristeza amarga, do mesmo modo como as guerras deixam crânios e ossos de mortos espalhados no campo de batalha. A dignidade de um noivado oriental inspira os corações dos jovens, mas seu fim pode jogá-los inapelavelmente, como blocos de pedra lançados ao fundo do mar. Sua alegria é como as pegadas na areia, que duram apenas até serem tocadas pelas ondas.

    A primavera foi embora e também o verão e o outono, mas não meu amor por Selma, que crescia dia a dia, a ponto de se transformar numa espécie de adoração muda, tal como o sentimento de um órfão pela exilada alma de sua mãe, no céu. Meu desejo tornou-se uma cega tristeza que nada permitia entrever senão a si mesma, e a paixão que arrancou lágrimas de meus olhos foi substituída por um confuso sentimento que sugou o sangue de meu coração, e meus suspiros de afeto tornaram-se uma prece freqüente pela felicidade de Selma e seu marido e a tranqüilidade de seu pai.

Contudo minhas preces e esperanças foram em vão, porque a desgraça de Selma era um mal interno que só a morte poderia sanar.

Mansour Bey era um homem que obteve todos os prazeres da vida com facilidade e, não obstante, ainda assim se mostrava insatisfeito e voraz. Após casar-se com Selma, deixou o sogro na mais completa solidão e desejava que ele morresse, pois assim herdaria o que havia sobrado da riqueza do velho.

A personalidade de Mansour Bey era parecida com a de seu tio; a única diferença entre os dois era que o bispo havia conseguido secretamente tudo que desejara, utilizando-se das benesses de sua condição eclesiástica e da cruz de ouro que usava no peito, ao passo que o sobrinho conseguira tudo publicamente. O bispo comparecia à igreja pela manhã e passava o resto do dia furtando as viúvas, os órfãos e o povo ingênuo. Já Mansour Bey consumia seus dias à procura de satisfação sexual. Aos domingos, o bispo Bulo Galib pregava o Evangelho; durante os dias da semana, porém, não praticava o que pregava, gastando seu tempo somente com intrigas políticas da cidade. E Mansour Bey, fazendo uso do prestígio e influência do

Asas partidas

tio, fez disso sua profissão: defender as posições políticas dos que podiam pagar-lhe boas propinas.

O bispo Bulo era um larápio que se ocultava sob o manto da noite, ao passo que seu sobrinho, Mansour Bey, era um explorador que andava provocativamente à luz do dia. A despeito disso, o povo das nações orientais confia em tipos como eles, lobos e sanguinários, que destroem seus países pela ambição doentia e aniquilam seus vizinhos sem mercê.

Por que ocupei estas páginas com traidores de nações pobres, em lugar de reservar todo o espaço para a história de uma mulher infeliz, de coração partido? Por que derramo lágrimas pelos povos oprimidos, em vez de vertê-las em favor de uma mulher frágil, cuja vida foi capturada pelas presas da morte?

Mas, não concordam vocês, caros leitores, em que tal mulher é como uma nação que vive oprimida por sacerdotes e soberanos? Não acham que o amor frustrado que leva uma mulher ao túmulo é como o desespero que invade o povo da terra? Uma mulher é para uma nação como a luz, para a lâmpada. Não vacila a luz, quando o óleo da lâmpada diminui?

O outono passou, e o vento varreu as folhas amarelas das árvores, abrindo caminho para o inverno, que chegou gritante. Eu ainda estava em Beirute, em companhia apenas de meus sonhos, que elevavam meu espírito aos céus e em seguida o enterravam nas profundezas da terra.

O espírito triste se fortifica na solidão. Ele evita as pessoas como um cervo ferido se afasta de seu rebanho, indo viver numa caverna até que se cure ou faleça.

Certo dia, soube que Farris Effandi estava doente. Deixei meu retiro solitário e dirigi-me a sua casa, tomando um novo caminho, uma trilha oculta entre oliveiras, evitando a estrada principal, com seus veículos barulhentos.

Chegando à casa do velho homem, entrei e encontrei Farris Effandi deitado na cama, frágil e pálido. Seus olhos, sem vida, pareciam dois vales profundos e escuros, povoados pelos fantasmas da dor. O sorriso que sempre alegrou seu rosto estava sufocado pela dor e a agonia; e os ossos de suas mãos suaves pareciam galhos nus que tremiam frente à tempestade. Ao me aproximar e perguntar-lhe sobre sua saúde, o velho voltou para mim seu rosto pálido, e de seus lábios trêmulos brotou um sorriso: "Meu filho" – balbuciou

Asas partidas

com voz fraca –, "vá ao outro quarto e console a Selma, convença-a a vir aqui, sentar-se junto a minha cama".

Fui ao quarto ao lado e encontrei Selma deitada num divã, a cabeça coberta com as mãos e o rosto abafado num travesseiro, para que seu pai não pudesse ouvi-la chorar. Aproximei-me devagar, chamei seu nome numa voz que parecia mais um suspiro que um sussurro. Ela reagiu com certo temor, como se tivesse sido interrompida num sonho medonho, e sentou-se, mirando-me com olhos congelados, como se tentasse descobrir se eu era um fantasma ou um homem. Após um inquietante silêncio, que nos conduziu, nas asas da recordação, de volta àquele momento em que estávamos inebriados pelo vinho do amor, Selma enxugou as lágrimas e queixou-se: "Veja como o tempo nos modificou! Como desviou o curso de nossas vidas e nos deixou como escombros. Neste lugar, a primavera nos uniu numa sintonia de amor, e neste lugar também nos colocou de encontro ao trono da morte. A primavera foi bela, mas que terrível inverno veio depois!"

Dizendo isso, cobriu outra vez o rosto com as mãos, como se estivesse escondendo seus olhos daquele fantasma do passado que estava diante dela. Coloquei a mão sobre sua cabeça e falei: "Venha, Selma, venha e sejamos como torres poderosas diante do temporal. Vamos nos manter ativos, como corajosos soldados frente ao inimigo e suas armas. Caso nos matem, morreremos como mártires; e, caso vençamos, viveremos como heróis. Encarar as agruras e dificuldades é mais nobre do que se retirar para o sossego. A borboleta, que esvoaça em torno da lâmpada até morrer, é mais digna que a toupeira, que mora num buraco escuro. Venha, Selma" – continuei –, "vamos caminhar por essa trilha íngreme, firmemente e com os olhos voltados ao sol, para não vermos os esqueletos e serpentes, entre pedras e espinhos. Se o temor nos paralisar no meio da jornada, apenas as vozes noturnas zombarão de nós; mas, se atingirmos com coragem o alto da montanha, estaremos junto com os espíritos celestes, em suas canções de vitória e alegria. Coragem, Selma, enxugue as lágrimas e elimine a tristeza de sua face. Erga-se e vamos nos sentar ao lado da cama de seu pai, pois a vida dele está em suas mãos, e seu sorriso pode animá-lo na esperança de cura".

Olhando-me nos olhos com delicadeza e afeto, ela respondeu: "Você me pede para ter resignação,

Asas partidas

enquanto também precisa dela? Um homem faminto daria seu pão a outro faminto? E um doente abriria mão de seu remédio para dar a outro, quando ele mesmo está mais necessitado?"

Dito isso, ela se levantou, inclinou a cabeça um pouco para a frente, e fomos juntos para o quarto do velho. Sentamo-nos ao lado da cama, e Selma exibiu um sorriso e procurou mostrar-se tranqüila, enquanto o pai tentou convencê-la de que se sentia melhor e mais forte; mas os dois estavam cientes dos sofrimentos um do outro, e percebiam seus suspiros não emitidos. Como duas forças de igual potência, consumiam-se em silêncio. Em razão do que acontecia à filha, o coração do pai se aniquilava. Eram duas almas puras, uma que partia deste mundo, e outra que agonizava de dor, enlaçadas no amor e na morte; e eu estava entre as duas, com meu coração perturbado. Enfim, éramos três pessoas, unidas, porém comprimidas pelas mãos do destino: um velho, que era como uma morada destruída por uma avalanche; uma jovem mulher, cujo símbolo era um lírio decepado pelo fio agudo de uma foice; e um jovem, que era uma planta frágil, recurvado sob o peso da neve; e éramos todos joguetes nas mãos do destino.

Kahlil Gibran

Farris Effandi estendeu vagarosamente sua mão débil em direção a Selma, dizendo-lhe com voz delicada e suave: "Segure minha mão, querida". Selma pegou-lhe a mão, e ele falou: "Eu já vivi tempo suficiente e já desfrutei as estações da vida. Agi sempre de maneira igual, quando experimentei cada uma de suas fases. Quando você tinha apenas 3 anos de idade, sua mãe faleceu, deixando-me você como um precioso tesouro para minha vida. Acompanhei seu crescimento, e seu rosto pouco a pouco ia compondo as feições de sua mãe, como as estrelas se refletem numa lagoa calma à medida que cai a noite. Sua personalidade, sua inteligência e beleza vieram de sua mãe, e, igualmente, o modo de falar e seus gestos. Você tem sido meu único conforto nesta vida, porque é a imagem de sua mãe em cada ação e palavra. Agora, velho, meu único remanso encontra-se nas asas serenas da morte. Console-se, filha querida, pois eu vivi o suficiente para vê-la mulher feita. Alegre-se, pois viverei em você após minha morte. Não há diferença alguma em que eu parta hoje ou amanhã ou mais tarde, pois nossos dias vão fenecendo como as folhas do outono. A hora de minha morte se aproxima rapidamente, e

Asas partidas

minha alma está ansiosa por encontrar-se com a de sua mãe".

Quando terminou de murmurar essas palavras com doçura e carinho, o rosto de Farris Effandi iluminou-se alegremente. Em seguida, retirou de sob o travesseiro um pequeno quadro com armação em ouro. De olhos fixos na fotografia, o velho disse: "Venha, Selma, venha ver sua mãe neste retrato".

Selma enxugou as lágrimas e, depois de observar a figura durante muito tempo, beijou-a repetidamente e exclamou: "Ah, minha querida mãe! Ah, mãe!" Colou então seus lábios trêmulos à foto, como se desejasse transferir a própria alma para aquela imagem.

A mais bela palavra que brota nos lábios humanos é "mãe", e o mais lindo chamamento é "minha mãe". É uma palavra cheia de amor e esperança, uma palavra doce e amável, vinda das profundezas do coração. Mãe é tudo: nosso conforto na tristeza, nossa esperança na desgraça e nossa força na fragilidade. É uma fonte de amor, bondade, simpatia e perdão: aquele que perde a mãe, perde uma alma límpida que o abençoa e protege constantemente.

Kahlil Gibran

Tudo na natureza fala de mãe. O sol é a mãe da terra e a nutre de calor; ele não abandona o universo à noite, senão coloca a terra para dormir, ao som da cantiga do mar e do hino dos pássaros e riachos. E a terra é a mãe do arvoredo e das flores. Ela as produz, alimenta e impulsiona. As árvores e as flores tornam-se mães amorosas de seus grandes frutos e das sementes. E a mãe, modelo de toda existência, é o espírito eterno, repleto de beleza e amor.

Embora Selma Karamy não tivesse conhecido sua mãe, morta quando ela era ainda criança, chorou ao ver a fotografia, dizendo: "Oh, mamãe!" A palavra mãe fica oculta em nossos corações e surge em nossos lábios nos momentos de tristeza e alegria, como fragrância que vem do coração da rosa e se mistura ao ar branco da cerração.

Selma olhou fixamente a imagem da mãe, beijando-a sem parar, até que caiu ao lado da cama do pai.

O velho pôs as mãos em sua cabeça e disse: "Minha querida menina, já lhe mostrei a figura de sua mãe no papel. Agora, preste atenção, e escute suas palavras".

Asas partidas

Ela ergueu a cabeça como um pequeno pássaro que, ainda no ninho, ouve o ruído das asas de sua mãe, e olhou-o atentamente.

Farris Effandi então começou a falar: "Sua mãe ainda estava amamentando você, quando perdeu o pai; ela sofreu e chorou sua morte, mas foi sábia e paciente. Tão logo o funeral acabou, ela sentou-se a meu lado, neste mesmo quarto, e segurando-me a mão disse: 'Farris, meu pai morreu, e agora você é meu único conforto neste mundo. Os afetos do coração dividem-se como os galhos de um cedro; se a árvore perde um galho vigoroso, ela poderá sofrer, mas não morrerá. Passará sua vitalidade para o galho mais próximo, de modo que este se fortaleça e ocupe o lugar vazio'. Foi o que sua mãe me disse, quando o pai morreu; e você deverá dizer a mesma coisa, quando a morte me levar para meu lugar de descanso e minha alma para os cuidados de Deus".

Em lágrimas e com o coração partido, Selma lhe respondeu: "Quando mamãe perdeu o pai, você ocupou o lugar dele; mas quem tomará o seu, quando você partir? Ela foi deixada aos cuidados de um esposo cheio de amor e fiel; ela encontrou conforto em sua pequena filha; mas quem será meu consolo, quando você partir? Você tem sido meu pai e minha mãe e o companheiro de minha juventude".

Dizendo essas palavras, ela se virou e olhou para mim e, segurando em minha roupa, falou:

"Aqui está o único amigo que terei quando você partir, mas como poderá me confortar, se também está penando? Como um coração despedaçado pode encontrar consolo numa alma desapontada? Uma mulher angustiada não pode ser consolada pela tristeza de seu vizinho, e tampouco pode um pássaro voar com asas partidas. Neste amigo de minha alma, já coloquei um pesado fardo de dor, e nublei tanto seus olhos com minhas lágrimas, que ele nada mais pode ver além de trevas. Ele é um irmão a quem muito amo, mas, como todos os irmãos, participa de minha tristeza e me ajuda a derramar lágrimas, o que faz crescer minhas tristezas e aniquila meu coração".

O que Selma disse penetrou-me o coração, e senti que não podia agüentar mais. O velho escutou suas palavras com o espírito estremecido, como a luz de uma lâmpada após uma lufada de vento. Foi quando estendeu a mão e disse: "Deixe-me partir tranqüilo, minha filha. Rompi as grades dessa gaiola; deixe-me voar e não me detenha, pois sua mãe me chama. O céu está claro, o

Asas partidas

mar sossegado, e o barco pronto para partir: não prorrogue minha viagem. Deixe que meu corpo repouse com aqueles que estão descansando; permita que meu sonho se encerre, e que minha alma desperte com o alvorecer; permita que sua alma abrace a minha e me dê o beijo da esperança; não deixe que as gotas de tristeza e padecimento desabem sobre meu corpo, para que as flores e a relva não o recusem como alimento. Não derrame lágrimas de desgraça sobre minha mão, porque delas poderão nascer espinhos sobre minha sepultura. Não marque rastros de agonia sobre minha fronte, pois o vento pode passar e, ao percebê-los, recusar-se a carregar o pó de meus ossos para os verdes campos... Eu a amei durante toda a vida, minha pequena, e a amarei também quando já estiver morto, e minha alma olhará sempre por você e a protegerá".

Então, virando-se para mim com os olhos semicerrados, Farris Effandi disse: "Meu filho, seja um autêntico irmão para Selma, como seu pai foi para mim. Dê-lhe seu apoio e amizade quando ela precisar, e não a deixe dominar-se pelo luto, porque o luto pela morte é um erro. Conte-lhe histórias agradáveis e cante-lhe as canções da vida, de forma que ela supere as tristezas. Recomende-me a seu pai; peça a ele que narre as histórias de nossa juventude e diga-lhe que o estimei ainda mais, através de seu filho, na derradeira hora de minha existência".

Um pesado silêncio imperou, então, e pude ver a palidez da morte no rosto do velho. Ele voltou os olhos para nós e sussurrou: "Não chamem o médico, pois, com seus remédios, ele poderia aumentar a duração de minha pena nesta prisão. Os dias de escravidão estão findos, e minha alma busca a liberdade dos céus. E não mandem buscar o sacerdote, porque suas orações não me livrarão, se eu tiver sido um pecador, e tampouco apressarão minha caminhada para o Paraíso, se eu tiver sido um inocente. O desejo do homem não pode mudar o desejo de Deus, da mesma forma que um astrólogo não pode modificar o curso das estrelas. Contudo, depois que eu morrer, deixem que o médico e o sacerdote façam o que quiserem, porque meu barco permanecerá singrando até que alcance seu porto final".

Quando deu meia-noite, Farris Effandi abriu os olhos fatigados pela última vez e dirigiu-os a Selma, que permanecia ajoelhada ao lado de sua cama. Ele tentou falar, mas não conseguiu, pois a morte já tinha abafado sua voz. Após um esforço,

Asas partidas

contudo, finalmente pôde balbuciar: "A noite passou... Oh, Selma... Oh... Oh, Selma". Sua cabeça então pendeu para o lado, o rosto ficou pálido, e pude notar ainda um sorriso em seus lábios, no momento em que suspirou pela última vez.

Selma tocou a mão de seu pai. Já estava fria. Ela então ergueu a cabeça e olhou seu rosto. O véu da morte já o cobrira. Selma ficou tão chocada, que nem mesmo conseguia derramar lágrimas, nem suspirar, ou tampouco se mover. Durante um momento, ela se colocou diante dele com os olhos fixos como os de uma estátua; depois, ajoelhou-se até que sua testa tocasse o chão e disse: "Ah, Deus, tenha piedade e cicatrize nossas asas partidas".

Farris Effandi Karamy morreu; sua alma foi envolvida pelo Eterno, seu corpo volveu à terra. Mansour Bey Galib apossou-se de sua fortuna, e Selma tornou-se uma prisioneira por toda a vida: uma existência miserável e dolorosa.

Eu mergulhei em desespero e consternação. Os dias e noites despedaçavam-me como a águia devora suas presas. Freqüentemente, busquei esquecer minha infelicidade, ocupando-me com livros e escrituras das gerações anteriores, mas era como apagar o fogo com petróleo, pois, no cortejo do passado, eu nada podia ver além de tragédias, e nada podia ouvir além de choros e lamentações. O Livro de Jó me fascinava mais que os Salmos, e preferia as Elegias de Jeremias aos Cânticos de Salomão. Hamlet estava mais próximo de meu coração, que todos os outros dramas dos escritores do Ocidente. Dessa maneira o desespero enfraquece nossa visão e fecha nossos ouvidos. Nada podemos ver senão os espectros do destino, e só ouvimos as batidas de nossos agitados corações.

8
Entre Cristo e Ishtar

Na parte central dos jardins e morros que ligam a cidade de Beirute ao restante do Líbano, há um pequeno templo, muito antigo, esculpido na rocha branca, cercado por oliveiras, amendoeiras e salgueiros. Embora esse templo estivesse a menos de um quilômetro da estrada principal, na época de minha história muito pouca gente tinha interesse em relíquias, e velhas ruínas eram pouco visitadas. Tratava-se de um dos muitos lugares interessantes escondidos e esquecidos no Líbano. Em razão de seu isolamento, tornou-se um paraíso para os fiéis generosos e um lugar sagrado para os amantes solitários.

Em uma de suas entradas, esse templo tem na parede leste um antigo relevo fenício, esculpido na rocha, representando Ishtar, a deusa do amor e da beleza, sentada em seu trono, cercada por sete virgens nuas em distintas posturas. A primeira segura uma tocha; a segunda, uma guitarra; a terceira, um turíbulo de incenso; a quarta, um cântaro de vinho; a quinta, um ramalhete de rosas; a sexta, uma grinalda de louros; a sétima, um arco e flecha; e todas elas olham reverentemente para Ishtar.

Na segunda parede, há outra figura, mais moderna que a primeira, representando Cristo pregado na cruz, e a seu lado, de pé, sua infortunada mãe e Maria Madalena, e duas outras mulheres chorando. Este trabalho bizantino deve datar do século XV ou XVI.

Na parede oeste, duas aberturas redondas deixam que os raios de sol penetrem no templo e incidam diretamente sobre os relevos, dando-lhes a aparência de uma aquarela dourada. No centro do templo, há um grande cubo de mármore com velhas pinturas laterais difíceis de serem notadas, onde se percebem coágulos de sangue endurecido, lembrando que os antigos habitantes ofereciam sacrifícios nessa rocha e sobre ela espargiam perfume, vinho e azeite.

Nada mais há naquele pequeno templo, além da quietude profunda, mostrando aos vivos os segredos da divindade e testemunhando silenciosamente o mundo de gerações passadas e a

Asas partidas

evolução das religiões. Uma visão como essa transporta o poeta a um mundo distante daquele em que vive, e persuade o filósofo de que o homem nasceu religioso; eles sentiam necessidade de expressar tudo o que não podiam ver e, para isso, desenhavam símbolos cujo sentido revelava seus segredos ocultos, bem como seus desejos na vida e na morte.

 Naquele templo desconhecido, eu me encontrava secretamente com Selma uma vez por mês, e ali passava algumas horas com ela, admirando aquelas estranhas pinturas e refletindo sobre o Cristo crucificado e filosofando sobre os jovens fenícios, homens e mulheres que viviam, amavam e cultuavam a beleza através de Ishtar, acendendo incenso ante sua estátua e derramando perfumes em seu oráculo, povo sobre o qual pouco se sabe além do nome, repetido através dos tempos diante da Eternidade.

 É difícil descrever em palavras as recordações daquelas horas em que me encontrava com Selma – horas divinas, repletas de um misto de dor, felicidade, tristeza, esperança e desdita.

 Nossos encontros no velho templo eram secretos; rememorávamos tempos passados e conversávamos sobre nosso presente, temendo pelo futuro, e pouco a pouco confessamos os segredos escondidos nas profundezas de nossos corações, sempre lamentando nossa desgraça e sofrimento, enquanto nos confortávamos com esperanças imaginárias e sonhos carregados de consternação. De vez em quando, nos acalmávamos e secávamos nossas lágrimas e sorríamos novamente, esquecendo todo o resto e preservando o amor; então nos abraçávamos, até sentir nossos corações se unirem; Selma depositava um beijo puro em minha testa e enchia meu coração de deslumbramento; eu lhe devolvia o beijo quando ela inclinava seu pescoço de marfim; seu rosto ficava então graciosamente corado, como o primeiro raio do alvorecer nas faces das montanhas. Em silêncio, observávamos o horizonte longínquo, onde as nuvens se coloriam com os raios alaranjados do cair da tarde.

Nossa conversa não se limitava ao amor; muitas vezes, abordávamos assuntos gerais e trocávamos idéias. Durante essas conversas, ela falava sobre o papel da mulher na sociedade, a marca que as gerações passadas haviam deixado em seu caráter, as relações entre marido e mulher, e as deturpações espirituais e a corrupção, que colocavam em risco a sobrevivência do matrimônio. Recordo

Asas partidas

que disse certa vez: "Os poetas e escritores estão buscando compreender a realidade da mulher, mas ainda hoje não compreenderam os segredos ocultos em seu coração, porque eles a vêem apenas sob a perspectiva do sexo, enxergando apenas as aparências; eles a interpretam por meio da lupa do ressentimento e encontram tão-somente submissão e fragilidade".

Em outra ocasião, apontando para as figuras talhadas nas paredes do templo, ela disse: "Há dois símbolos, no coração desta rocha, que descrevem o fundamento dos desejos da mulher e mostram os segredos escondidos de sua alma, que oscilam entre o amor e a tristeza, entre a afeição e o sacrifício, entre Ishtar, sentada no trono, e Maria frente à cruz. O homem compra glória e fama, mas a mulher paga o preço".

Ninguém tinha conhecimento de nossos encontros secretos, a não ser Deus e o bando de pássaros que era presença constante no templo. Selma ia usualmente em sua carruagem a um lugar chamado Parque do Paxá, e dali seguia para o templo, onde eu esperava ansiosamente por ela.

Não temíamos os olhos observadores, tampouco nossas consciências nos incomodavam; o espírito tornado puro pelo fogo e lavado pelas lágrimas supera o que as pessoas chamam de vergonha e desgraça; está livre das leis da escravatura e dos antigos costumes, que agem contra as afeições do coração humano. Um espírito, assim purificado, pode colocar-se diante do trono de Deus de forma confiante e sem nódoas.

A sociedade humana tem-se entregado, por setenta séculos, a leis corruptas e, assim, já não compreende o significado das leis superiores e eternas. Os olhos do homem se acostumaram à oscilante luz das velas e não conseguem enxergar a luz do sol. A debilidade espiritual é passada de geração a geração, até se transformar numa parte integrante das pessoas, que a consideram não uma enfermidade, mas um legado natural imposto por Deus a Adão. Quando essas pessoas encontram alguém não contaminado pelos germes da doença, elas o incriminam com vergonha e desonra.

Os que julgam Selma Karamy maldosamente, porque ela deixava a casa de seu marido e se encontrava comigo no templo, são tipos doentios e fracos de espírito, que consideram as pessoas normais e sadias como rebeldes. São como insetos que rastejam na escuridão, com medo de serem pisados pelos que passam.

Asas partidas

O prisioneiro injustiçado que pode fugir de seu cárcere e não o faz, é um covarde. Selma, uma prisioneira inocente e oprimida, era incapaz de libertar-se sozinha da prisão. Deveria ela ser inculpada, por olhar, através da janela de sua cela, os campos verdes e o céu amplo? Quem poderá considerá-la infiel a seu marido, por sair de sua casa para sentar-se a meu lado, entre Cristo e Ishtar? O povo pode dizer o que quiser; Selma conseguiu vencer os pântanos em que outros espíritos afundaram, e chegar a um território que não pode ser alcançado pelos uivos dos lobos e pelo chocalhar das serpentes. E podem igualmente falar o que quiserem de mim, pois o espírito que viu o fantasma da morte não temerá o rosto dos ladrões; o soldado que viu espadas agitando-se sobre sua cabeça, e rios de sangue sob seus pés, não se perturba com as pedras que as crianças lhe jogam nas ruas.

9
O sacrifício

Um dia no final de junho, ocasião em que o povo em geral deixava a cidade e seguia para as montanhas, para evitar o calor do verão, fui como de costume ao templo para encontrar Selma, levando um pequeno livro de poemas andaluzes. Já no templo, enquanto esperava a chegada de Selma, olhava de vez em quando as páginas do livro, recitando aqueles versos que enchiam meu coração de êxtase e traziam para minha alma a memória dos reis, poetas e cavaleiros que foram expulsos de Granada e partiram com lágrimas nos olhos e tristeza no coração, abandonando seus palácios, instituições e esperanças. Após uma hora, vi Selma caminhando pelo centro dos jardins e dirigindo-se ao templo, apoiada em sua sombrinha, como se carregasse todas as preocupações do mundo em seus ombros. Quando entrou no templo e se sentou a meu lado, percebi uma mudança em seus olhos e fiquei ansioso para saber o que havia acontecido.

Kahlil Gibran

Selma sentiu o que se passava comigo e, acariciando-me a cabeça, falou: "Venha para mais perto de mim, meu querido, e deixe que eu sacie minha sede, pois a hora da separação chegou".

"Seu marido descobriu nossos encontros aqui?" – indaguei. "Meu marido não se incomoda comigo, nem sabe como despendo meu tempo; está sempre ocupado com aquelas pobres moças que a miséria levou para as casas de má fama; moças que vendem o corpo pelo pão amassado com sangue e lágrimas."

"O que a impede então de vir a este templo" – retruquei –, "e sentar-se a meu lado respeitosamente frente a Deus? Será que sua alma está impondo nossa separação?"

"Não, meu amado, meu espírito não pede separação, pois você é uma parte de mim" – respondeu-me entre lágrimas. "Meus olhos nunca se cansam de olhá-lo, pois você é sua luz; mas, se o destino determinou que eu deveria percorrer o caminho íngreme da vida presa a correntes, como poderia contentar-me em deixar seu destino igual ao meu?" Em seguida, continuou: "Não posso lhe dizer tudo, porque minha língua está muda de dor e não consegue falar; meus lábios estão fechados pela infelicidade e não se mexem; o que lhe posso

Asas partidas

dizer é que temo que você caia na mesma armadilha da qual fui vítima".

Quando lhe perguntei: "O que você quer dizer, Selma? De quem você tem medo?" Ela cobriu o rosto com as mãos e revelou: "O bispo já descobriu que, uma vez por mês, eu tenho deixado o túmulo em que ele me sepultou".

"O bispo descobriu nossos encontros aqui?", perguntei. "Se ele tivesse descoberto, você não me veria aqui, sentada a seu lado; mas ele já desconfia, e ordenou a todos os criados e guardas que me vigiem passo a passo. Sinto que a casa onde moro e o caminho que percorro estão cheios de olhos a me observar e dedos que me apontam, e ouvidos que escutam o murmúrio de meus pensamentos."

Após um momento de silêncio, ela acrescentou, já com lágrimas correndo-lhe pelas faces: "Não temo o bispo, pois a água já não assusta o afogado, mas temo que você possa cair na armadilha e tornar-se sua presa; você ainda é jovem e livre como a luz do sol. Não estou amedrontada pelo destino que fisgou meu peito com todas as suas flechas; mas tenho medo de que a víbora possa morder seus pés, e que o impeça de atingir o alto da montanha, onde o futuro o espera com seus prazeres e glórias".

Kahlil Gibran

Disse-lhe então: "Aquele que não foi mordido pela víbora da luz e destroçado pelos lobos da escuridão será sempre enganado pelos dias e pelas noites. Mas escute bem: será a separação o único meio de evitar a maldade e a baixeza das pessoas? O caminho do amor e da liberdade terá sido fechado de tal forma, que nada deixou, além de submissão, para os escravos da morte?"

Ela respondeu: "Não há outra alternativa, a não ser esta: devemos nos dizer adeus".

Com o coração conturbado, agarrei-lhe a mão e disse: "Já nos submetemos aos outros por muito tempo; desde que nos conhecemos até agora, temos sido conduzidos pelos cegos, e adorado seus ídolos. Desde o momento em que a conheci, estamos nas mãos do bispo, como duas bolas jogadas por ele. Porventura somos obrigados a nos submeter à vontade dele até que a morte nos leve? Deu-nos o Senhor o sopro de vida para que simplesmente o abandonássemos aos pés da morte? Teria Ele nos dado a liberdade, apenas para que fizéssemos dela uma sombra da escravidão? Aquele que apaga o fogo de seu espírito com suas próprias mãos é um infiel aos olhos do Céu, pois é o Céu que manda o fogo que queima em nossos espíritos. Aquele que não se

Asas partidas

revolta contra a opressão está oprimindo a si próprio. Eu a amo, Selma, e você também me ama; e o amor é um tesouro precioso, é uma dádiva de Deus aos espíritos grandes e sensíveis. Deveremos jogar fora este tesouro e deixar que os porcos o desprezem e pisoteiem? Este mundo está cheio de maravilhas e beleza. Por que temos de viver neste buraco estreito, que o bispo e seus comparsas cavaram para nós? A vida está repleta de alegria e liberdade; por que não tiramos de nossos ombros essa carga pesada, e quebramos as correntes presas a nossos pés, e andamos livremente em busca da paz? Venha, vamos trocar este pequeno templo pelo grande templo de Deus. Vamos deixar esta região e toda a escravidão e ignorância que aqui vigoram, e optar por outras terras longínquas, inalcançáveis pelos ladrões. Fujamos para a costa, em meio à noite, e subamos a um barco que nos conduza, através dos oceanos, até onde possamos construir uma vida nova, em que não faltarão felicidade e entendimento. Não hesite, Selma, pois estes minutos são mais preciosos para nós que as coroas dos reis, e mais elevados que os tronos dos anjos. Sigamos o foco de luz que nos guiará para fora deste deserto árido, em direção aos verdes campos ocupados por plantas e flores perfumadas".

Ela balançou a cabeça e dirigiu seu olhar para algo invisível no teto do templo; um melancólico sorriso apareceu em seus lábios. "Não, não, meu amado" – respondeu –, "em minhas mãos os céus colocaram uma taça cheia de vinagre e fel; eu estou disposta a consumi-la até o final, e assim experimentar toda sua amargura, até que nada reste a não ser algumas gotas, que tomarei sem revoltar-me. Não mereço uma nova vida de amor e tranqüilidade, não sou bastante forte para aproveitar as benesses e doçuras da vida, porque um pássaro de asas partidas não pode voar em céu aberto. Os olhos habituados à tênue luz de uma vela tornam-se frágeis para enfrentar os raios de sol. Não me fale de felicidade; é uma recordação que me faz sofrer. Também não me fale da paz; é uma sombra que me amedronta. Mas olhe para mim, e lhe mostrarei a tocha sagrada que os Céus acenderam nas cinzas do meu coração; você sabe que o amo como uma mãe ama seu único filho, e o amor me ensinou apenas a protegê-lo, mesmo de mim. E é este amor, purificado com fogo, que me impede de segui-lo para terras longínquas. O amor elimina meus desejos, e por essa razão você

Asas partidas

pode viver livremente e sem nódoas. O amor limitado pede a posse do ser amado, mas o ilimitado pede tão-somente a si mesmo. O amor que nasce entre a irresponsabilidade e o despertar da juventude se preenche com a posse, e cresce com os carinhos físicos. Porém o amor que se originou no céu e desceu com os segredos da noite não se contenta com coisa alguma, a não ser a eternidade e a imortalidade: ele não reverencia nada, senão a divindade.

"Quando fiquei sabendo que o bispo queria proibir-me de sair da casa de seu sobrinho e tirar-me o único prazer que ainda tinha, coloquei-me diante da janela de meu quarto e me virei em direção ao mar, pensando nos vastos países que estão além dele e na autêntica liberdade e independência pessoal que lá se pode encontrar. Imaginei que estava vivendo junto a você, cercada pela energia de seu espírito e imersa no oceano de seu afeto. Mas esses pensamentos, que iluminam o coração de uma mulher, rebelam contra os costumes arcaicos e a fazem lutar pela sombra da liberdade e da justiça, mostraram-me que sou fraca, e que nosso amor é limitado e débil, incapaz de enfrentar a luz do sol. Tal como um rei cujo reinado e tesouros foram roubados, chorei,

Kahlil Gibran

mas de pronto vi seu rosto, meu amigo, através de minhas lágrimas, e seus olhos que me miravam; lembrei-me então de que você me dissera certa vez: 'Venha, Selma, venha e sejamos como torres poderosas diante do temporal. Vamos nos manter ativos, como corajosos soldados frente ao inimigo e suas armas. Se nos matarem, morreremos como mártires; e se vencermos, viveremos como heróis. Encarar as agruras e dificuldades é mais nobre do que se retirar para o sossego'. Essas palavras, meu amado, você pronunciou na ocasião em que as asas da morte se alvoroçavam ao redor da cama de meu pai; recordei-me delas ontem, quando as asas do desespero se agitavam em torno de minha cabeça. Eu me fortaleci e senti, embora no negrume de minha prisão, um tipo de preciosa liberdade abrandando nossas dificuldades e reduzindo nossas tristezas. Percebi que nosso amor era tão profundo quanto o oceano, tão sublime quanto as estrelas, e imenso como o céu. Aqui estou para vê-lo, e em meu frágil espírito há uma força nova, que é a capacidade de sacrificar uma grande coisa a fim de conseguir outra ainda maior; trata-se do sacrifício de minha felicidade, para que você possa manter-se virtuoso e

Asas partidas

honrado aos olhos das gentes, e manter-se distante de suas falsidades e perseguições.

"Antes, quando vinha a este lugar, era como se pesadas cordas me prendessem ao chão, mas hoje vim aqui com uma determinação nova, que zomba dos obstáculos e diminui o percurso. Eu costumava vir a este templo como um espectro assustado, mas hoje vim como uma mulher corajosa, que sente a iminência do sacrifício e sabe o valor do sofrimento, uma mulher que deseja proteger aquele a quem ama contra os ignorantes e espíritos nefastos. Eu costumava sentar-me a seu lado como uma sombra estremecida, mas hoje vim aqui para mostrar-lhe minha imagem autêntica, frente a Ishtar e a Cristo".

"Sou uma árvore que nasceu na sombra, e hoje estendo meus ramos para que balancem por um instante à luz do dia. Aqui estou para lhe dizer adeus, meu amado, e espero que nossa despedida seja grandiosa e sem volta, como o nosso amor. Faça que nosso adeus seja como o fogo, que torna o ouro maleável mais resplandecente."

Selma não me permitiu falar ou contestar, porém olhou para mim; seus olhos brilhavam, seu rosto exibia toda a sua dignidade, ela era como um anjo, merecedor de total silêncio e reverência. Foi quando ela se arremessou sobre mim, coisa que jamais havia feito; abraçou-me com seus delicados braços e beijou-me a boca longa, vigorosa e profundamente.

Quando o sol se pôs, tirando paulatinamente seus raios daqueles jardins e pomares, Selma se encaminhou para o centro do templo e observou longamente suas paredes e recantos. Parecia querer derramar toda a luz de seus olhos sobre as gravuras e símbolos. Depois, caminhou para diante, ajoelhou-se de maneira respeitosa diante da imagem de Cristo e, beijando-lhe o pé, orou: "Oh, Cristo, escolhi sua cruz e exilei-me do mundo de prazer e felicidade de Ishtar; usei a coroa de espinhos e dispensei a de louros, e banhei-me com sangue e lágrimas, em lugar de perfume e incenso; bebi fel e vinagre de uma taça que havia sido feita para vinho e néctar. Acolha-me, meu Deus, entre Seus seguidores, e conduza-me em direção à Galiléia com aqueles que O escolheram, felizes com suas dores e alegres com suas tristezas".

Em seguida Selma se levantou, olhou-me e disse: "Agora, devo retornar alegremente a minha escura caverna, onde moram horrendos fantasmas. Não sinta pena de mim, meu amor, e não fique triste, porque a alma que vê a sombra de

Asas partidas

Deus por uma vez nunca mais se assustará com os espíritos demoníacos. E jamais poderão ser fechados os olhos que contemplaram os Céus por uma única vez".

Com estas últimas palavras, Selma deixou aquele lugar de adoração. Fiquei ali, imerso num mar de profundas reflexões, absorto no mundo da revelação, em que Deus se senta ao trono, e os anjos anotam os atos dos seres humanos, e as almas recitam a tragédia da vida, e as noivas do Céu entoam os hinos de amor, tristeza e imortalidade.

A noite já caía, quando despertei de minha sonolência e me vi desnorteado no meio dos jardins, repetindo o eco de cada palavra dita por Selma, recordando seu silêncio, seus atos, seus movimentos, suas expressões e o toque de suas mãos, até perceber realmente o significado daquele adeus e a dor da solidão. Sentia-me deprimido e com o coração partido. Foi minha primeira e verdadeira descoberta de que os homens, mesmo quando nascem livres, permanecem escravos das leis rígidas decididas por seus antepassados; e que o céu, que pensamos imutável, simboliza a rendição do hoje à vontade do amanhã, e a submissão do ontem ao desejo do hoje. Muitas vezes, desde aquela noite, tenho pensado na lei espiritual que fez Selma preferir a morte à existência, e freqüentemente tenho comparado a nobreza do sacrifício e a felicidade da rebeldia, para saber qual é mais digna e bela; contudo, até agora, cheguei a apenas uma conclusão de tudo isso, e ela se chama sinceridade, justamente o que faz nossas ações belas e merecedoras de honra. E essa sinceridade estava em Selma Karamy.

10
O salvador

Cinco anos se passaram desde o casamento de Selma, sem que nascessem filhos para fortalecer os laços da relação espiritual entre ela e seu marido e conectar suas almas incompatíveis.

Uma mulher estéril é vista com desprezo em todo lugar, porque a maioria dos homens deseja se perpetuar no porvir.

O homem comum considera a mulher que não lhe dá filhos um inimigo; ele a desdenha, a abandona e deseja sua morte. Mansour Bey Galib era desse gênero de homem; era rude como a terra, e duro como o aço e insaciável como a morte. Seu desejo de ter um filho, para levar adiante seu nome e fama, o fez odiar Selma, não obstante sua beleza e doçura.

Uma árvore crescida numa caverna não produz frutos; e Selma, que viveu à sombra da vida, não poderia ter filhos...

Kahlil Gibran

O rouxinol não se reproduz em cativeiro, para que a escravidão não venha a ser o destino de seus filhotes... Selma era prisioneira da desgraça, e era a vontade do céu que ela não tivesse outro prisioneiro para participar de sua vida. As flores silvestres são as filhas do afeto do sol e do amor da natureza; e os filhos dos homens são as flores do amor e da paixão...

O espírito do amor e da compaixão jamais esteve presente na bela casa de Selma em Ras Beirute; a despeito disso, todas as noites ela se ajoelhava diante do Céu, e orava a Deus por um filho em quem pudesse encontrar alívio e conforto... Ela rezou sem parar, até que o Céu respondeu a suas preces...

Por fim, a árvore da caverna floresceu para produzir fruto. O rouxinol cativo na gaiola começou a fazer o ninho com as penas de suas asas.

Selma estendeu seus aguilhoados braços em direção ao céu para receber a valiosa dádiva de Deus, e nada no mundo poderia tê-la feito mais feliz do que ficar grávida.

Com ansiedade ela esperou, contando os dias e antecipando mentalmente os momentos em que a mais delicada cantiga dos céus, a voz de seu filho, soaria em seus ouvidos...

Asas partidas

Ela começou a entrever a chegada de um futuro mais brilhante através de suas lágrimas...

Estávamos no mês do *nisan*, quando Selma, estendida no leito, experimentava as dores e os esforços da luta que empreendia entre a vida e a morte. O médico e a parteira buscavam trazer ao mundo um novo habitante. Tarde da noite, Selma começou a chorar sem parar... o choro de quem compartilha a vida com a vida... um choro de permanência no firmamento do nada... um choro de uma frágil força diante da tranqüilidade das grandes forças... o choro da pobre Selma, prostrada em desespero sob os pés da vida e da morte.

Já de madrugada, Selma deu a luz um menino. Quando abriu os olhos, viu rostos sorridentes por todo o quarto, então tornou a olhar e notou a vida e a morte ainda lutando em torno de seu leito. Cerrou os olhos e chorou, sussurrando pela primeira vez: "Ah, meu filho". A parteira envolveu a criança em faixas de seda e colocou-a ao lado da mãe, mas o médico continuava a olhar para Selma, e mexia tristemente a cabeça.

As manifestações de alegria acordaram os vizinhos, que acorreram à casa para felicitar o pai pelo nascimento de seu herdeiro; mas o médico ainda observava Selma e seu filho e balançava a cabeça...

Kahlil Gibran

Os empregados da casa correram para levar a boa nova a Mansour Bey, porém o médico permanecia ao lado de Selma, com o olhar de preocupação dominando seu rosto.

Ao nascer do sol, Selma aninhou a criança em seu regaço; o menino abriu os olhos pela primeira vez e parecia olhar a mãe; em seguida, teve um tremor e fechou os olhos, falecendo. O médico retirou a criança dos braços de Selma, e lágrimas correram pelas faces do doutor; então ele disse para si próprio: "Este é um hóspede que parte".

A criança morreu enquanto os vizinhos celebravam com o pai no grande salão da casa e bebiam à saúde do herdeiro; e Selma olhou para o médico e clamou: "Dê-me meu filho, e deixe-me abraçá-lo".

Não obstante a criança estivesse morta, os sons das taças cresciam na sala...

Ele nasceu ao alvorecer e morreu quando já amanhecia...

Nasceu como um pensamento, morreu como um suspiro e desapareceu como uma sombra.

Ele não viveu para confortar sua mãe.

Sua vida iniciou-se no fim da noite e findou quando o dia raiou, tal como uma gota de orvalho

Asas partidas

derramada pelos olhos da escuridão e secada pelo contato da luz.

Uma pérola trazida pela maré até a praia e devolvida com a vazante para a profundeza do mar...

Um lírio que acaba de entreabrir o botão da vida, e é logo pisado pelos pés da morte.

Um hóspede querido cuja aparição iluminou o coração de Selma e cuja partida fulminou sua alma.

Esta é a vida dos homens, a vida das nações, a vida dos sóis, luas e estrelas.

E Selma fixou os olhos no médico, exclamando: "Dê-me meu filho e deixe-me abraçá-lo; dê-me meu filho e deixe-me alimentá-lo".

O médico então balançou a cabeça e disse, com a voz abafada pela tristeza: "Seu filho está morto, senhora, sinto muito".

Ao ouvir aquilo, Selma deu um grito horrível. Em seguida, ficou em silêncio por um momento e sorriu alegremente. Seu rosto se iluminou como se ela tivesse descoberto algo, e calmamente disse: "Traga-me meu filho; deixe-o perto de mim, quero vê-lo morto".

O médico levou o pequeno corpo para Selma e colocou-o entre seus braços. Ela o abraçou, virou o rosto contra a parede e balbuciou para a criança morta: "Você veio para me levar, meu filho; você veio para me mostrar o caminho que leva à praia eterna. Aqui estou, meu filho; conduza-me e deixaremos esta grota escura".

E num átimo de segundo os raios de sol entraram pelas cortinas da janela, caindo sobre dois corpos inertes, prostrados sobre a cama, mergulhados na profunda dignidade do silêncio e envolvidos pelas asas da morte. O médico deixou o quarto com os olhos marejados e, quando chegou ao grande salão, a festa havia se transformado num funeral. Mansour Bey Galib nada disse, nem derramou uma lágrima. Ficou imóvel como uma estátua, segurando com a mão direita uma taça de bebida.

• • •

No segundo dia, Selma recebeu como mortalha seu vestido branco de noiva e foi colocada num caixão; a mortalha da criança foi sua primeira roupa; seu caixão, os braços de sua mãe; e o túmulo, seu silencioso regaço. Os dois corpos foram levados num único féretro, e eu segui respeitosamente a multidão, acompanhando Selma e o filho a seu lugar de repouso.

Quando chegamos ao cemitério, o bispo Galib entoou um canto fúnebre, enquanto os outros sacerdotes oravam, mas em seus rostos de aparente severidade deixavam entrever um quê de vazio e displicência.

Ao baixarem o caixão à terra, um dos presentes disse: "Esta é a primeira vez em minha vida que vejo dois cadáveres num só esquife". E outro interveio: "É como se a criança tivesse vindo para libertar a mãe de seu implacável marido".

Um terceiro comentou: "Vejam Mansour Bey: ele contempla o céu, como se seus olhos fossem feitos de vidro. Tão indiferente, que nem parece ter perdido a esposa e o filho num só dia". Um quarto acrescentou: "Seu tio, o bispo, logo o casará com uma mulher mais rica e com mais saúde".

O bispo e os sacerdotes continuaram entoando seus lamentos, até o coveiro terminar de cobrir a tumba. Em seguida, os presentes, um a um, aproximaram-se do bispo e de seu sobrinho e apresentaram seus pêsames com palavras amáveis; mas eu permaneci solitário, ao lado, sem ninguém para me confortar, como se Selma e seu filho nada fossem para mim.

As carpideiras deixaram o cemitério; o coveiro permaneceu mirando o novo túmulo, apoiando-se com a mão na pá.

Aproximei-me dele e indaguei: "Você sabe onde Farris Effandi Karamy foi enterrado?"

Ele me olhou durante um instante, e então apontou para o túmulo de Selma: "Bem aqui: coloquei a filha sobre ele, e sobre o colo dela descansa a criança, e sobre todos eles recoloquei a terra, com esta pá".

Pensei comigo: "Aqui você enterrou também meu coração".

Após um tempo, o coveiro sumiu entre os frondosos álamos. Não resisti mais e deixei-me cair sobre o túmulo de Selma, chorando.